NADA DEVI

Date in der Unendlichkeit

Poetische Erzählung

SHEEMA

NADA DEVI

Date in der Unendlichkeit

Poetische Erzählung

Bibliografische Information der Deutschen Bibliothek
Die Deutsche Bibliothek verzeichnet diese Publikation in der Deutschen Nationalbibliothek; detaillierte Daten sind im Internet über http://dnb.ddb.de abrufbar.

1. Auflage 2017
Originalausgabe

Inh.: Cornelia Linder, Hirnsbergerstr. 52, D - 83093 Antwort
Tel.: +49 (0)8053 – 7992952, Fax: +49 (0)8053 – 7992953
http://www.sheema-verlag.de

ISBN 978-3-931560-56-0

Coverbild Vorderseite: © Nada Devi
Coverfoto Rüclseite: © Alvaro Lopez/Atelier
Autorenfoto: © Helga Meyer zur Capellen
Lektorat: Paro Ch. Bolam
Korrektorat: Susanne Sperlich
Umschlaggestaltung: Chrisiten Weber, Grafik- und Webdesing, christineroseweber.de | Schmucker-digital,
Gesamtkonzeption: Sheema Medien Verlag, Cornelia Linder
Druck und Bindung: FINIDR, s.r.o., Český Těšín

seltsam tönt das leben
welchem rhythmus folgend
wirklichkeit
wo bist du
mal sich verzehrender klang
einer melodie
mal ein blatt im wind
das tanzend sich
zu boden hebt

Gewidmet

All jenen, die es lieben, dem Klang hinter den Worten zu lauschen.
All jenen, die es lieben, sich von diesem Klang inspirieren zu lassen.
All jenen, welche die Magie des Lebens wahrnehmen.
All jenen, die sich immer wieder an die unglaubliche Kraft und Schönheit dieser Schöpfung, dieses Universums erinnern möchten.
All jenen, die den Kampf, das Leiden und das Opfersein in sich beenden möchten.
All jenen, die auf der Suche nach innerem Frieden sind.
All jenen, für die Kraft und Sanftmut keine Gegensätze sind.
All jenen, die wissen, dass wahrhaftiges Sein auch bedeutet, sich immer und immer wieder ins Feuer zu stellen.

„Müssen wir manchmal Verrücktsein erlauben,
um aus der gewohnten Spur
herauskatapultiert werden zu können?“

„Doch was bedeutet Verrücktsein?“, frage ich.
Zu erlauben, dass es eine tiefe innere Weisheit gibt, die uns in die Essenz des Hierseins leiten möchte.
Jenseits vorstellbarer Konzepte.
Jenseits jedweder Identifikation.
Um gleichzeitig zu begreifen, dass jedes Erfassen in Worte auch nur ein Konzept hinterlässt – ein Konzept, das jedoch Inspirationsquelle sein kann, um Leben auszuloten.
Haben wir vielleicht übersehen, dass Leben etwas damit zu tun hat, „in der Essenz zu sein“?

Prolog

Eine Einladung:

Mutig Querdenker sein!
Sich in den Wind stellen,
um sich durchschütteln zu lassen!
Im Feuer stehenbleiben!
Dem Lauschen der inneren Weisheit
behutsam und respektvoll
mehr Raum geben!

Ein Mensch wird in eine Welt geboren.
Es wird ihm „sogenanntes Leben“ vorgelebt, gezeigt, beigebracht.
Er erfährt Situation um Situation, versucht, sie nachzuahmen, sich hineinzufinden, darin zu laufen.
So weit, so gut!
Doch was geschieht, wenn in diesem Menschen angesichts der ihm gezeigten Welt immer nur Befremden zurückbleibt?
Versteht dann er das Leben nicht – oder ist er selbst das „BEFREMDLICHE“ und somit falsch?

Etwas will ihr nicht so einfach gelingen.
Sie bemüht sich zwar, mitzulaufen, Spielregeln, Sprache, Umgangsweisen zu erfassen, zu erkennen, zu verstehen, sie passt sich ein in dieses Spiel der Konventionen, reibt sich an Begebenheiten, sucht Ausdruck und Beziehung, um sich darin zu finden.
Doch die Anpassung an das Vorgegebene will nicht gelingen.
Ihr Fühlen, ihr Wahrnehmen scheinen anders, es ist ihr unmöglich, sich in dem zu finden, was ihr als wichtig oder richtig – als Leben – präsentiert wird.

Alltägliches, Schule, Begegnungen, kommen ihr vor wie ein nebulöser Traum, den sie nicht mit sich in Einklang zu bringen vermag.
Was bleibt, ist ein merkwürdiger Schmerz, eine unbeschreibliche Melancholie, die ihr eher schüchternes Wesen berührt, eine offenbar endlose Sehnsucht nach ETWAS, das sie selbst nicht zu identifizieren vermag, das aus konventioneller Sicht nicht einzuordnen ist.

Solche Gefühle entstehen beispielsweise beim Anblick von Flugzeugen am Himmel. Als müsste sie sich nur hineinsetzen, irgendwohin in die Ferne ziehen, und dann – ja, dann würde sie widergespiegelt bekommen, was sich in ihrem Inneren wirklich abspielt.

Würde dieses Leben dann
einen tieferen Sinn ergeben?
Oder wohnt in ihr nur eine Rebellin,
die im Geheimen einfach zu allem NEIN sagt?
Klar wird: Etwas ruft, etwas zieht an ihr!
Eine subtile Kraft versucht,
sie unermüdlich weiterzutreiben!

Allmählich wird sie sich dessen gewahr, dass sie von einer inneren Führung geleitet ist, die keiner geordneten, linearen Vorgehensweise folgt, und auf die sie lauschen muss.
Das Lauschen gelingt ihr erst langsam, verstärkt sich jedoch in einer Zeit, die mit einer derart herausfordernden Intensität daherkommt, dass ich sie als ihre Zeit des Erwachens bezeichnen möchte.
Stürme von Gefühlen durchströmen sie. Existenzängste, Verlorenheit, Zweifel, Einsamkeit, nicht enden wollende emotionale Schmerzen. Durch alle diese Hindernisse hindurch begibt sie sich auf ihren eigenen Weg des Erfahrens, beschreitet Wege, die sie niemals für möglich gehalten hätte.
Bis sie endlich bereit ist, sich loszulassen, sich hinzugeben.
Bereit ist, zu „sterben".
Eine Konfrontation mit der Unendlichkeit beginnt, die ihren konditionierten Verstand an seine Grenzen bringt, letzten Endes jedoch zu einer Wahrnehmung jenseits des persönlichen Selbst führt.
Zu einer Wahrnehmung der Welt, dieses Universums, die Ausweichen und Selbstverleugnung kaum mehr zulässt.

Sie sucht nach Identität, fällt jedoch immer wieder in die Leere, in die Stille, in die Nichtidentifikation. Erhöhte Wahrnehmungszustände werden immer mehr zu ihrer alltäglichen Realität. Sie beginnt zu entschlüsseln, Zusammenhänge zu erkennen, zu lauschen.

Es öffnet sich ein Tor zur Fülle, zum unfassbaren Reichtum dieses Universums, der bis dahin so nicht erfahren werden konnte.

Auf diesem Weg meldet sich eines Tages im wahrhaftigsten Sinn eine größere Quelle zu WORT.

Die innere Notwendigkeit zu schreiben, den Worten, die sie durchdringen, Raum zu geben, entsteht.

So schreibt sie:

Dieses Schreiben trägt mich weiter.
Dieses Schreiben ist Halt, Ausrichtung und Trost.
Dieses Schreiben ist Erkennen, ist Hauch einer Möglichkeit, diesem Leben etwas Sinnhaftes abzugewinnen.
Wenn es in meiner Wahrnehmung auch nur ein eher kläglicher Versuch ist, auszudrücken, was sich in meinem Inneren abspielt.
Doch schon bald ist es mir ein Beruhigendes, eine Freude, endlich einen Gesprächspartner gefunden zu haben, der mit mir Zwiesprache hält.
Erstaunen durchzieht mich: Welch unglaubliche Ansprache erhalte ich doch durch diese geschriebenen Worte!
Diese Worte, die sich für mich als etwas Größeres erweisen. Ein gleichzeitiger Klang, ein Gesang, der sich hinter den Worten abspielt. Etwas, das mein Wesen erst noch zu durchdringen, zu berühren sucht.
Diese Berührung geschieht oft erst Wochen später, beim wiederholten Lesen der Zeilen, die sich vor meinen Augen aufs Papier gebracht haben.

Diese Worte, diese Gebete, werden mir zu einem Geschmack, einer Ahnung, zu einer Vibration, die mich durchziehen, die plötzlich in mein Inneres eindringen und Wellen der Bewegung verursachen.
Unfassbare Fülle, Freude und Dankbarkeit tauchen auf!
Gewahrsein, Frieden, Stille!

die fremde

da steht die welt
und hier stehst du
du lebst in ihr
und doch bleibst du
ein ewig fremder

du denkst du sprichst
du teilst dich mit
doch diese worte
verhallen im rauch

du wandelst und wandelst
wie durch nebel hindurch
von einem orte zum anderen

du begegnest menschen
du glaubst an herz
seraphim beginnen zu singen

doch weit gefehlt
die irdische realität
scheint eine andere
wie leben in dieser welt

kein ort
nirgends

menschen

menschen ziehen vorbei
große
kleine
dicke
dünne
furiose
kuriose gestalten
manchmal sogar ein innehalten

auf dem balkon gegenüber
ein einzelner mann
rauchend
lange dort verweilend
was mag er wohl denken
in welcher geschichte
gefangen sein

regen
schirme
köpfe

gesichter
kaum zu beschreiben
mal fröhlich
dort lächelnd
hier traurig gesenkt
tiefe falten im anderen
menschen
sie wandern
und wandern
und wandern
doch woher
und wohin

jerusalem mon amour
wo bist du

die städte vollgestopft
das gelobte land
scheint aus unseren herzen vertrieben

lichter blitzen schrill auf mich ein
suchen meine aufmerksamkeit einzufangen
menschen rasen und schlendern
und laufen und kreischen
als ob ein unhörbarer ton sie hypnotisierte
nur das leben nicht verpassen
nur das leben nicht verpassen
doch welchem leben folgend
hüllen gleich verlorener seelen
angestrengt
dem gierigen wahn verfallen
haben ist das losungswort

vergessen sind die sanften lieder
das gelobte land
scheint aus unseren herzen vertrieben

dem leben begegnen

unterwegs
dem leben begegnen zu wollen
auf der spur des eigenen seins

durchs leben streifend
wie ein geschmeidiger schwarzer panther

der wind der meine nase
umspielend sanft sich weiter hebt
die sonne die sengend warm und wohlig
mein schwarzes fell zum glänzen bringt
so frei und reich

plötzlich verharrend
begegnung
zwei augenpaare treffen sich
sekundenlang ein blick
die seele

wärmende offenheit fühlend
die türe des hauses ist geöffnet
zum einlass bereit

räume durchstreifend
dinge berührend
riechend
blickend
sehend
blicke
blicke
augenblicke

beim hinausgehen
bleibt eine winzige spur
meines wesens zurück

ein tiefer hauch
der berührung in mir

Tatsächlich, sie hatte es wieder getan.
Ein mulmiges Gefühl stieg in ihr auf.
War das wirklich das Richtige?
Was um alles in der Welt trieb sie an!?
Es lag noch Schnee in den Bergen und obwohl erst Februar war, fuhr sie unbeirrt mit Sommerreifen los, ohne zu wissen, wohin die Reise gehen sollte.
„Ach, ich nehme einfach die nächste Abzweigung und fahre etwas höher in die Berge“, dachte sie. Ihr Wagen begann immer wieder ein wenig zu rutschen, es schleuderte sie hin und her, sie versuchte so gut sie konnte gegenzulenken.
Die nahende Dämmerung war schon zu spüren, es war an der Zeit, eine Unterkunft ausfindig zu machen.
Endlich!
Sie las „Ferienwohnung“ auf einem Schild, hielt an und stieg aus.
Doch bevor der Finger den Klingelknopf berührte, schüttelte ihr Körper sich heftig.
„Oh nein“, durchfuhr es sie kurz, „nicht schon wieder.“
Diese Reaktionen ihres Körpers kannte sie mittlerweile, hatte begonnen, Freundschaft mit ihnen zu schließen. Also hielt sie kurz inne.
„Nein, hier will ich mich nicht einquartieren“, wusste sie, stieg wieder ins Auto und fuhr weiter bis in ein hinteres Tal.
Ohne die geringste Vorwarnung trat ihr Fuß plötzlich heftig auf die Bremse – als ob eine größere Kraft sie anzuhalten versuchte – und der Wagen kam erneut ins Straucheln. Sie brachte das Auto geschickt zum Stehen, parkte und nahm ihre Sachen aus

dem Kofferraum. Es war klar: Hier war der richtige Platz.
Sie schaute sich ein wenig um.
Separat vom Haupthaus, ein wenig nach hinten versteckt, zeigte sich ein einfaches, kleines Gebäude.
„Hier soll es also sein", dachte sie kurz.
Im nächsten Moment stand schon eine ältere Dame hinter ihr und fragte, ob sie die Ferienwohnung mieten wolle.
Sie hielt ihr einfach den Schlüssel hin.
„Alles Weitere können wir morgen regeln", meinte sie noch.
Erstaunt über die Unkompliziertheit, bejahte sie einfach und nahm den Schlüssel dankbar entgegen.

Ihre mitgenommenen Habseligkeiten kurz in eine Ecke gestellt, setzte sie sich fröstelnd, noch mit Jacke bekleidet, auf einen Stuhl.
Wieder fühlte sie Verlorenheit, Kälte und Fremdheit. Zustände, die sie auch in Gesellschaft von Menschen kannte, doch dieses Mal erschienen sie ihr besonders intensiv.
Und da saß sie nun, unschlüssig, unfähig sich zu bewegen.
Wie durch einen Nebel hindurch hörte sie sich nach einer Weile laut mit sich selber sprechen, wohl um der Stille zu entfliehen, die sie umgab: „Prima, hast du wieder einmal deine Wohnung aufgelöst! Hat es nicht gereicht, vor zwei Jahren alles hinter dir zu lassen, dem Theater den Rücken zu kehren?" Und dann, etwas später: „Was mache ich hier eigentlich?"
Sie dachte daran, wie sehr sie sich schon diesen Weg erkämpft hatte: die sichere Arbeitsstelle verlassen, um eine Schauspielausbildung zu absolvieren.

Damals hatte es einer Befreiung geglichen, das erste Mal ganz offiziell unter Vertrag zur Theaterprobe gehen zu dürfen.
Musste das jetzt wirklich schon wieder alles stoppen?
Mutig war sie in der Zwischenzeit endgültig in die Selbstständigkeit gegangen, folgte einem Weg, den sie nicht zu deuten vermochte. Immer wieder diese Wahrnehmungen und Vorahnungen, diese Handlungen, die sie wie selbstverständlich vollzog, ohne dass ihr Verstand sie erklären konnte.
Wellen der Unruhe erfassten sie.

Mittlerweile lag die Ferienwohnung im Dunklen.
Gedankenverloren saß sie weiter auf ihrem Stuhl, bis endlich der Impuls auftauchte, etwas zu tun. Sie stand auf, legte ihre Kleidung in den Schlafzimmerschrank, nahm die etwas ältlich anmutende Tagesdecke vom Bett und breitete ihre eigene, mitgebrachte Decke aus, um eine etwas gemütlichere Atmosphäre zu schaffen.
Als nächstes wickelte sie ganz behutsam ihre in ein Tuch eingehüllte kleine Buddhastatue aus, bedeckte mit dem Tuch den Nachttisch und stellte sie darauf. Hier sollte die kleine Figur von nun an ihren Platz haben. Eine Kerze durfte nicht fehlen.
Augenblicklich spürte sie wieder eine leise, wohlige Freude, die sich ausbreitete.
Auf sehr eigenwillige Weise war diese kleine Figur in ihr Leben gekommen und hatte sie unerwartet völlig aus der Fassung gebracht …

Sie lief gerade eine Straße entlang, vorbei an einem Schaufenster zu der Bushaltestelle, von der aus sie nach Hause fahren wollte, da durchströmte sie eine unfassbar intensive Energie, die in ihrem Herzen einen tiefen Schmerz verursachte. Es brannte ihr so heftig in der Brust, dass sie ruckartig stehenblieb und sich die Hand auf das Herz legte.
Was war denn das?
Im nächsten Moment wurde ihr leicht schwindlig, dann veränderte sich ihre Wahrnehmung des Raumes. Sie hörte ihr eigenes lautes Atmen.
Nein, sie WAR Atmen!
Es zog sie zurück zu dem Schaufenster, dort stand sie wie angewurzelt vor der Auslage und starrte auf eine kleine Buddhastatue. Konnte das Salz der Tränen schmecken, die ihr unaufhaltsam über die Wangen strömten.
Was passierte mit ihr?
Leerer, weiter Raum war da, in dem Atem und Bewegung stattfanden, doch niemand war anwesend, der sie ausführte.
Ihr ganzes Wesen schien eine einzige Vibration zu sein.
Es zog sie weiter in den Laden, und trotz ihres tränenüberströmten Zustands trat sie ein.

Sie bat um die kleine Statue aus der Auslage, stellte sie auf einen Hocker und setzte sich ohne Umschweife im Schneidersitz auf den Boden davor. So verharrte sie, ohne weiter auf ihre Umwelt zu achten.

Es fühlte sich an, als sei diese kleine Statue tatsächlich in der Lage, mit ihr zu kommunizieren. Kaum beschreibbare Gefühle durchdrangen sie, Wärme, Freude, Weite und ein tiefer Schmerz, der sich jedoch genauer betrachtet wie ein Brennen der Liebe und Glückseligkeit anfühlte.

Eine unaussprechliche Liebe hatte sie erfasst. Alle Begrenzungen fielen in diesem Augenblick von ihr ab. Alles schien in den Augenblick hineinzugleiten, tauchte sie in einen Zustand der Schwerelosigkeit, in reine Wahrnehmung.

Was für eine Liebe dieser kleine tibetische Buddha ausstrahlte! Oder war sie etwa selbst diese unendlich strömende Liebe, diese Sanftheit, dieser Frieden?

Eher durch Zufall hatte sie mit neunzehn zu meditieren begonnen, und das hatte sich in den letzten Jahren wieder intensiviert. Sollte das der Grund für ihr neues Empfinden und Handeln sein?

Seit jenem Augenblick weitete sich immer wieder etwas in ihr und verstärkte die eigenwilligen Wahrnehmungszustände.
Manchmal erschienen ihr Bilder aus irgendwelchen Zeiten oder seltsame Sätze tauchten auf. Oft empfand sie Scham, da sie immer wieder von Weinkrämpfen und nicht enden wollenden Tränenfluten erfasst wurde, von denen sie nicht wusste, woher sie kamen.
Eine Schleuse schien geöffnet, die sich nicht mehr schließen ließ.
Schmerz, Trauer, Verwirrung, Zweifel, Ängste, jedoch auch unendliche Freude oder tiefe, einfache Dankbarkeit waren von nun an ihre ständigen Begleiter.
Immer wieder erlebte sie die Schönheit der Natur so überwältigend, dass ihr Körper schmerzte. Das Licht, die Weite des Himmels, die Blumen, Pflanzen und Tiere – die Schwingungen dieser Erde schienen mit ihr zu verschmelzen.

An einem Abend, an dem sie in tiefer Meditation gesessen hatte, schrie sie plötzlich einen jener seltsamen Sätze aus sich heraus: „Ich will mein schamanisches Wissen zurück!", hörte sie sich laut und bestimmt sagen.
Sie öffnete die Augen, war hellwach und präsent.
Was? Ihr schamanisches Wissen? Was sollte das nun heißen?

Natürlich hatten sie die Erlebnisse der letzten Jahre unweigerlich dazu gebracht, ihre familiären Prägungen zu sortieren. Immer klarer konnte sie erkennen, dass Erkenntnis und Bewusstheit mit Klärung, Aufräumen, Wahrhaftigkeit einhergehen. Selbstbetrug konnte darin keinen Platz haben.
Viele Zusammenhänge waren deutlich geworden – zum Beispiel, dass Kirche und Glauben für sie als Kind immer schon etwas mit „in der Natur sein“ zu tun hatten. Wie glücklich war sie gewesen, als der Gottesdienst bei einem Pfadfinderwochenende, an dem sie als Achtjährige teilgenommen hatte, an einem echten Steinaltar in der Natur abgehalten wurde. Welch eine Magie war von diesem Platz ausgegangen!
Sie empfand zutiefst, dass die Natur und das Universum gewürdigt wurden. In diesem Augenblick leuchtete ihr Herz, leuchtete sie selbst.

Doch ihre diffuse, seltsame Melancholie – diese Sehnsucht nach ETWAS, die sie seit ihrer frühesten Jugend begleitete – war bis heute nicht von ihr gewichen.
Und nun dieser Satz! Was sollte sie davon halten?

Im Geheimen fürchtete sie manchmal, womöglich verrückt zu werden, zu sehr in etwas hineinzugleiten, das in unserer alltäglichen Denkstruktur einfach nicht vorkommen durfte. Ungewöhnliche Wahrnehmungszustände wurden doch meist als unnormal bezeichnet und mit abwertenden Begriffen belegt, und sie musste zugeben, dass sie sich eine Zeitlang selbst davon hatte einfangen lassen.

Wenn die Identifikation mit gewohnten Konzepten davongleitet, gerät man in sonderbare Zustände. Der Verstand, der seine üblichen Maßstäbe verliert, sucht verzweifelt nach Erklärungen, um wieder eine erkennbare Struktur, eine vertraute Größe zu finden, an denen er sich orientieren kann. Erlaubt man es sich stattdessen, zu fühlen und die eigene Orientierungslosigkeit zu spüren, setzt das große Angst frei.
So auch bei ihr.
Trotz alledem war sie ihren inneren Zeichen gefolgt, hatte ihre Wohnung wieder einmal aufgelöst und würde sich nun in diese Ferienwohnung zurückziehen, um mehr herauszufinden.

Ein lautes Knurren schreckte sie aus ihren Gedanken. Hunger und Durst meldeten sich, holten sie zurück und übernahmen die Regie, denn sie hatte den ganzen Tag noch nichts zu sich genommen.
Sie stand auf, zog endlich ihre Jacke aus, machte etwas Licht und zündete noch ein paar Kerzen an. In der Küche räumte sie die mitgebrachten Lebensmittel in die Schränke und bereitete sich ein kleines Mahl. Sie spürte ihre Müdigkeit, beschloss jedoch, noch ein wenig zu meditieren, dann wollte sie schlafengehen.
Die nächsten Tage verbrachte sie mutterseelenallein, genoss ausgedehnte Spaziergänge und wunderbare Wanderungen. Manchmal verlief sie sich völlig, da die weiße Landschaft keine erkennbaren Wege mehr zeigte, fand aber immer wieder leicht zu ihrer Behausung zurück, wenn sie in Gedanken still wurde.

Diese überwältigende Natur, schneeweiß, still ...
So still, dass ihre Schritte unverhältnismäßig laut zu dröhnen schienen.
In diesem unendlichen Weiß schien die Zeit anzuhalten, und so beschloss auch sie, anzuhalten.

schneelöwe

stille
liegt über dem land
der weiße schnee
er ist gefallen
bis zum rand
weiß und rein
und unberührt
welche sehnsucht
wogt in mir

so wagt's mich
in die stille hinein
schritte zu machen
schritte wie
dröhnender donnerschlag
einsinkend
hinterlasse ich spuren

die welt
scheint
still zu stehen
kein bewegen
kein hallen
alles
verschwunden
kein ziehen
kein zerren
kein rangeln
die zeit ist gegangen

aus der zeit herausgefallen

aus der zeit
herausgefallen
schweb ich
wie ein blatt
im wind
hierhin dorthin
fortgetragen
leicht und fröhlich
dreht es mich
gleit zu boden
sanft und zart
wärmend heiße
erde spür

aus der zeit herausgefallen
lauf ich springend
wie ein kind
helles lachen widerhallt
trage farbe auf geschwind
klecks um klecks ein bild entsteht
bis es nicht mehr weiterstrebt

aus der zeit herausgefallen
sink ich tief
ins nichts hinein
friedlich ruhend
still in mir
ist gewahrsein plötzlich da
innehaltend
tiefer sinkend
klar und hell

und wunderbar

Sie meditierte tagelang.
Sprach mit niemandem, hatte keinen Austausch.
Wirklich keinen Austausch?
Es gab doch etwas, das mit ihr Zwiesprache hielt: Die Ahnungen und Bilder, die Botschaften ihres Körpers, die Reaktionen, die Klänge, sogar ihre Träume und auch Worte – Worte, die sich in ihr formten und die sie niederzuschreiben begann.
War das denn nichts?
War es nicht langsam an der Zeit, diesen Prozess als ihre Art der Kommunikation zu würdigen? Ja, dachte sie, genau das werde ich von nun an tun.
So trieb sie eine ganze Zeitlang dahin, verharrte, entschlüsselte und lauschte.

Versucht nicht das ganze Universum ständig mit uns zu kommunizieren?
Ist nicht die Wärme der Sonne auf meiner Haut eine einzige große Kommunikation mit jeder Zelle, jedem Atom meines Körpers?
Welch eine Wonne, welch eine Freude, schrieb sie.

Natürlich mochte ihr Verstand das gar nicht.
Er spielte bisweilen völlig verrückt und Satz um Satz prasselte wie ein Regensturm auf sie ein:
Was soll das alles?
Warum sitzt du hier?
Was machst du hier eigentlich?
Warum setzt du deine gesamte Existenz aufs Spiel?
Was soll denn eigentlich dieses Meditieren?
Was erhoffst du dir davon, was erwartest du eigentlich?
Fragen, auf die sie keine logischen Antworten hatte.
Alles, was sie wusste, war, dass sie ihre innere Wahrheit freilegen wollte.

Manchmal hatte sie auch den Eindruck, sie würde auf etwas oder jemanden warten, doch ergab das wirklich einen Sinn?
Musste sie wirklich ihre gesamte Lebensgrundlage auflösen?
Und war dies überhaupt der richtige Zeitpunkt?
So stiegen immer wieder Zweifel in ihr auf, unbändige Existenzängste machten sich breit.
Und schon meldete sich der Kopf wieder: Du besitzt nur noch 1000 €, und mit denen willst du ein ganzes Jahr Auszeit bestreiten! Sag mal, spinnst du!?
Willst du es nicht lieber stoppen?
Geh zurück! Versuche erneut, Aufträge zu bekommen und schmeiße nicht deine gesamte Existenz weg.
Interessanter Satz, dachte sie. Kann ich auf diese Weise meine Existenz denn wegwerfen? Bin ich nicht in jedem Augenblick Existenz?

Immer wieder wurde sie von Zweifeln heimgesucht – aber sie folgte beharrlich dieser seltsam vertrauten inneren Stimme, die ihr sagte: Bleib ganz ruhig.
Vertrau!
Du weißt doch, dass unsere Existenzängste so tief in uns eingebrannt sind, dass sie sich immer wieder bemerkbar machen werden. Schließlich begegnest du ihnen nicht zum ersten Mal.

die enge

oh diese enge
diese strenge
des zum bersten
gespannten hirns

wie viele zwänge im kopf
rasen
reißen
zerren
ziehen
kreiseln
und kreiseln
soll ich
wo gehe ich
darf ich's wagen
oder nicht
blitze
lichter
oh ja
und doch
oh nein

komm
lass dich befreien

Ein kleines Lächeln huschte ihr über das Gesicht, als sie darüber nachdachte, wie sie sich vor zwei Jahre selbstständig gemacht hatte – auf eine Weise, die wahrscheinlich jeden Finanzberater zur puren Verzweiflung gebracht hätte.
Ja, da stand sie schon einmal im Feuer dieser abgrundtiefen Angst!
Und so tat sie das Gleiche wie damals: Sie versuchte, all den inneren Stürmen zu begegnen, still zu verharren und sehr genau zu lauschen.
Die weiße Stille der Landschaft diente ihr.
Viele Geschehnisse der letzten Jahre zogen an ihr vorbei.
Wahrnehmungen hatten sich verändert oder vielmehr ihre eigene Wahrheit offenbart. Eine Instanz, die tiefer hinter die Geschehnisse zu blicken vermochte, schien erwacht zu sein.
Manchmal überfluteten sie Informationen, sobald sie jemandem nur die Hand gab: Urplötzlich – Hunderte von Bildern, die in Sekundenschnelle an ihr vorbeizogen.

Doch in diesem Augenblick im Schnee spürte sie noch etwas anderes: Das „Loch“ in ihrem Herzen machte sich wieder bemerkbar.
Da war er wieder, dieser Schmerz, der irgendwie zur Liebe zu gehören schien.

Ein großer Lernprozess hatte sich vollzogen, als ihre innere „Prinzessin“ in einer Beziehung entdeckte, dass sie alle Illusionen hinter sich lassen musste. Fast hätte sie dabei gänzlich den Glauben an die Liebe verloren.

Und sie fragte sich erneut, was es für sie mit dieser „Liebe" auf sich hatte.
Ist es uns überhaupt möglich, Liebe zu begreifen?

Die herkömmlichen Muster von Beziehung und Liebe waren ihr fremd.

Sicher – einen Beruf ausüben, einen Mann finden, Kinder bekommen, heiraten, ein Haus bauen, eine Familie gründen ... das konnte durchaus eine Lebensausrichtung sein.
Doch sie beobachtete so vieles, das auf sie wie ein Zwang wirkte, dem sie nicht folgen konnte. Es schien ihr, als hätten sich die meisten Menschen so sehr in ihren Vorstellungen von Beziehung verfangen, dass sie den tieferen Wert von Begegnungen und den Tanz des Lebens, den Tanz dieser Schöpfung miteinander, nicht mehr spüren konnten.

Ihre Vision war eher, einem Menschen zu begegnen, der nicht nur eine „Lebens-Erfüllungs-Projektion" mit ihr anstrebte.
Der Hand in Hand mit ihr durchs Leben streifen wollte.
Einen Menschen, der bereit war, tiefer zu schauen, der nicht auswich, der ebenfalls herausfinden wollte, welche Möglichkeiten es gab, miteinander das Leben auszuloten.

Der unendliche Schmerz und das Gefühl, in den Abgrund zu fallen – wie alt dieser Schmerz wohl ist, fragte sie sich. Er musste wirklich uralt sein, konnte unmöglich nur aus ihrer heutigen Erfahrungswelt resultieren.

Wahrscheinlich hatte er etwas damit zu tun, das eigene, gegenwärtige Leben abzugeben an eine Situation, einen Menschen oder eine Vergangenheit, und die eigene Kraft dabei zu opfern.
Wie oft gab sie sich heute noch ab?
So viele Menschen taten das Gleiche, gingen ständig Kompromisse ein, um nur keinen Verlust, keinen Schmerz, keine Angst, keine Einsamkeit, Verlorenheit, Desorientierung fühlen zu müssen.
Welch ein seltsames Treiben, dachte sie.

Vielleicht mussten wir erst lernen, uns selbst zu genügen, um dann Hand in Hand, auf Augenhöhe, miteinander durchs Leben zu tanzen.
Konnten wir lernen, bei uns zu sein und gleichzeitig in tiefer Verbundenheit mit einem anderen zu leben?
Haben wir nicht selbst die Fähigkeit, zu entscheiden, wie bewusst wir mit einer Situation umgehen?

In den letzten Jahren war ihr klargeworden, dass ihr „Glück“ nicht von einer Situation, einem Glaubensprogramm oder einem anderen Menschen abhängig war. Etwas hatte angefangen sich zu befreien, jedoch nicht, um sich abzuwenden, sondern um das Geheimnis des Lebens noch tiefer auszuloten.

All ihre früheren Erfahrungen trieben sie an, eine andere, größere Dimension mit größeren Zusammenhängen zu erforschen. Etwas in ihr wollte wahrhaft frei sein, wollte die tiefe Freiheit in ihrem Inneren aufdecken und leben.
Und sie begriff:
Um diesen Schatz zu bergen, musste sie furchtlos tief und tiefer hinabsteigen in den sogenannten „Hades“.

Die Schleier der Illusionen hatten sich zu lüften.

ja ja befrag mich nur

nun es ist wahr
ich habe die liebe gesehen
oh ja
sie war wunderbar
sie flog auf weiten schwingen
setzte sich nieder
erreichte mich tief
in meines herzens kern
die knospe sprang auf
mit einer solchen wucht
mit kaum zu ertragender intensität

er hat mich berührt
nahm mein herz
in seine hände
ich flehte ihn an
er möge beim herausnehmen
behutsam sein
hoch flogen wir
herauf und hinunter
berührten die engel
seraphim begannen zu singen
doch ständig hing über uns auch
ein schwarzer schatten

flehend bat ich ihn
er möge ihn verscheuchen
an das gläserne herz des kindes
in seinen händen denken

doch ich fürchte
er hörte mich nicht
mein herz ist zersprungen
mein körper zerschmettert
in den abgrund gefallen
bevor er ging
sagte er
ich liebe dich

erhängt

habe mich
anscheinend
selbst erhängt
ja so scheint's

will mein gemüt
sich nimmer beruhigen
ist zu tief der riss
die wunde zu groß
zu endlos der abgrund
ein fallen und fallen

dann scheint's
als hätte ich grund
fata morgana

oh nein bitte
nicht schon wieder
dieser schmerz
muss wirklich der schmerz
der ganzen welt
durch mich hindurch

glauben verlieren

ist der glauben verloren

fühlst du oder
glaubst du nur zu fühlen
meinst du
dein herz sei offen
oder merkst du
es ist offen
wie bei einem kind

gibst dich hin
ganz
stehst da
sagst ja
reichst die hand
sagst wieder
ja
und dann

prinzessin

prinzessiiiiiin
wach auf
wach auf
schüttle dein haupthaar
reib deine augen
und blicke klar

hey hey
was träumst du
was hoffst du
los los
spring aus den federn
warte nicht
auf den prinzen
hey hey
er wird nicht kommen
nimm du die erbse
und wirf sie weg
mach schnell
los los mach schnell
verträum nicht deine zeit
die prinzen
sind auch noch nicht so weit

sie reiten und reiten
suchen ihren weg
mach dir nichts vor
sonst ist es zu spät

zeig her dein haupthaar
lass es wehen im wind

fege los
wie ein wildes
sprühendes kind

lass deine knospe springen
zur vollen blüte gedeihen
weih sie zuerst
dir selbst

vielleicht
vielleicht
ja dann

geschenke des himmels an den prinzen

es ist die eigene geliebte
uranus
die in dir trägst
schon lange zeit
das mädchen
ungebändigt
wild und frei
die urnatur
die hier in dir
mit ihr
ihr recht verlangt

die an dein fenster klopft
die hand zum reigen
deines eigenen lebens reicht
dir abverlangt
sich zu vereinen
in wilden stürmen
sich befruchtend
neues leben auszuwerfen
quälgeister geheiligte
die uns der götterhimmel schickt

auffordernd
unnachgiebig zu schreiten

im reigen unseres lebens
wenngleich du erst mal
nicht verstehst

viel gäbe es zu sehen
lernen riechen tun

auf
sohn
gib dich
werde zum manne
gib der erde
dem himmel
den göttern
der kunst
das übersprühende
die eigene
dir innewohnende kraft
zurück

die mutter die heilige
allzeit verzeihende
strenge
dir richtunggebende
und hafen seiende
sie hast du gelebt schon
zweimal dreimal viele male

Für sie stand fest: Wollten wir uns wahrhaftig begegnen, mussten wir auch unsere Projektionen auf den Anderen erkennen und überwinden lernen.
Das heißt, wir mussten den Anderen freigeben, ihn nicht länger in unsere alten Geschichten und Vorstellungen verwickeln.

Es war an der Zeit, sich wieder in die eigene Kraft, die eigene Ermächtigung zu stellen, denn darum ging es ganz offensichtlich. Sie musste all die abgegebenen Energien wieder zu sich zurückholen, um sie zu bündeln und dann wahrhaftig mit anderen in Begegnung zu sein.
Ja, es schmerzte, es war nicht einfach und bequem, dies zu tun.
Und ja – sie war bereit!

Die folgenden Tage verbrachte sie damit, in sich hineinzuspüren, den Schmerz zu fühlen, die Niederlage, die unendliche Scham, den Kontrollverlust, die Ohnmacht und all das anzunehmen.
Ja, dachte sie, ich bin bereit, alles auszukosten, nicht ein einziges zu verpassen, ich bin bereit, alle Empfindungen als willkommene Gäste in mein Leben einzuladen, sie in ihrer Einzigartigkeit zu erleben – und wieder ziehen zu lassen, wenn es an der Zeit ist.
Täte sie das nicht, würde jede weitere Begegnung mit einem Menschen wieder nur auf konditionierten Verhaltensweisen beruhen.

werden wir

werden wir es jemals begreifen
dies endlose lebensreiben
wieder und wiederkehrender schatten

wenn ich zu den wolken schaue
erblicke diese wundersame komposition
begreife ich oft nicht
was wir da tun

wenn spürend ich
über wiesen streife
meine nackten füße
tief hineingesenkt in den grund
eine wundersame kraft
und schönheit fluten mich
es ist so unglaublich
benetzt mich tief

all die farben
das licht
das spüren
wenn ich all dies schaue
begreife ich es nicht
unser tun

wenn ich dem wind lausche
ihn in mir willkommen heiße
mit all seiner kraft und zartheit
manchmal mir den atem raubend
den adler mit ihm treiben sehe
sobald ich es wirklich einlasse
mich tief öffne
begreife ich nicht
was wir oft alltäglich tun

doch manchmal
wenn ich menschen
gegenüberstehe
schaue
sie wirklich schaue
mich einlasse
sie wirklich zu sehen

erbebt mein herz
ja schmerzt
vor all der schönheit
vor all der angst
die ich schaue
begreife ich

werden wir

mein lied

mein lied erzählt dir
von der leichtigkeit
des seins

siehst du die sonne
wie sie aufgeht
ein neuer tag beginnt
das gestrige erlischt
im glanz der strahlen
halt an
nur einen augenblick

mein lied erzählt dir
vom dem wind
der zärtlich
deine haut umspielt
hörst du den leisen klang
von dem er singt
er flüstert dir
lass los
komm lass dich tragen

probier mal aus
ein kleines stück
er lädt dich ein
in seinen augenblick

Sie war bereit, sich erneut all den unliebsamen Gefühlen zu stellen.
Und sie war genauso bereit, die Geschenke anzunehmen, die sich aus ihrer Begegnung mit ihr selbst entwickelt hatten.

Denn sie fing an, die feine innere Stimme, die sich immer wieder Gehör verschafft hatte, zu lieben und wertzuschätzen. Obwohl es sie oft verwirrte, konsequent dieser Stimme zu folgen und die eigene Kontrolle aufzugeben – etwas, das sie im alltäglichen Leben oft vollkommen außer Gefecht setzte – vertraute sie der verrückten inneren Weisheit immer mehr.

Außerdem erfasste sie der Strom einer unendlichen, kreativen Kraft auf beglückende Weise – ein Strom, der sie manchmal förmlich überrollte und sich immer mehr in wechselnden Formen auszudrücken begann.
Manchmal fürchtete sie auch, dabei ein bisschen verrückt zu werden. Doch vielleicht müssen wir manchmal Verrücktsein erlauben, um aus der gewohnten Spur herauskatapultiert zu werden, um dieser unendlichen, wundervollen Schöpfungsquelle Ausdruck verleihen zu dürfen!
Dieser Gedanke besänftigte sie.

Zeitweilig war es ihr ein Unerträgliches, zu erleben, wie sich alle Konzepte auflösten. Sie spürte, dass es nichts mehr gab, an dem sie sich festhalten konnte. Dennoch war sie nicht länger bereit, sich an ihre längst überholten Grenzen zu klammern. Es gab einen starken Strom, dem sie sich nicht mehr entziehen konnte, der ihr immer mehr enthüllen wollte, dass und wie alle Dinge in Wirklichkeit zusammenhängen.
Und sie war aufgefordert, diesem Lebensfluss immer wieder neu zu vertrauen!

Oh, welch große Herausforderung!, schrieb sie.
Doch ist es nicht genau das, was ich suche?
Hinter die Dinge schauen, tiefere Zusammenhänge erforschen.

Langsam erkannte sie die größeren Zusammenhänge, die ihr das Leben präsentierte, und sie fragte sich: War das nicht schon immer so gewesen? Vor Jahren hatte sie durch „Zufall" einen Filmausschnitt gesehen, der – wie sie jetzt begriff – einen viel tieferen Eindruck hinterlassen hatte, als ihr bewusst gewesen war. Hatte sie genau diesen Filmausschnitt sehen müssen, weil damals schon klar war, dass die Fäden, die gerade gesponnen wurden, Jahre später an dieser Stelle zusammenlaufen würden?

In dem Filmausschnitt waren Schamanen zu sehen, die ein Ritual vollzogen. „Schicksalsfäden durchtrennen“ wurde es genannt. Und obwohl sie keine Ahnung hatte, was Schamanen überhaupt waren, zog sie etwas an diesem Ausschnitt völlig in den Bann.

War es das gänzlich „Fremde“, das sie derart faszinierte, oder waren es die Handlungen der Schamanen?

Die zuschauenden Schamanen trugen weiße, lange Röcke, ein rotes Oberteil und Kopfschmuck. Unzählige Ketten hingen um ihre Körper und an den Handgelenken, kleine Glocken waren um die Fußgelenke geschlungen, und sie spielten eine sehr eigenwillig aussehende Trommel. Zwei normal gekleidet Menschen, in dem Fall ein Paar, saßen vor ihnen auf dem Boden.

Die Schamanen trommelten, tanzten und sangen.

Zum Schluss des Rituals wurden die Fäden, die um die beiden auf dem Boden sitzenden Menschen gespannt waren, bewusst durchtrennt – damit diese beiden, so hieß es, frei und ohne Altlasten ihren gemeinsamen Lebensweg antreten konnten.

Ein Gedanke war ihr damals durch den Kopf geschossen: Wie gerne würde sie dort hinfahren, um diesen Schamanen zu begegnen.

Dort hinfahren?

Schon war dieser kurze Augenblick wieder vorbei und vergessen.

An einem Morgen wachte sie in der Ferienwohnung auf und packte urplötzlich ihre Sachen zusammen. Sie fuhr von dem Berg herunter, als ob eine innere Uhr sie aufgefordert hätte, sich wieder in Bewegung zu setzen und bezog aus einem Impuls heraus in einer anderen Umgebung ein neues Domizil.
Auf einem ihrer Spaziergänge fiel ihr ein Flyer in die Hände, auf dem ein Seminar mit Schamanen angeboten wurde.
Und plötzlich tauchte der flüchtige Eindruck von den trommelnden Schamanen, der jahrelang in ihr verborgen gelegen hatte, wieder vor ihrem inneren Auge auf. Sie sah die Kleidung und die Gesichter der Männer und Frauen, und ihr ganzer Körper begann zu beben. Schweißperlen bildeten sich auf ihrer Stirn und ein leichtes Kribbeln zog an ihrem Rücken hoch: Das waren genau die Schamanen aus dem damaligen Filmausschnitt!
Aber das konnte doch nicht wahr sein ...
„Himalaya-Schamanen aus Nepal", las sie und blickte ungläubig auf den Text: Ein Seminar mit denselben Schamanen fand demnächst in Deutschland statt, nicht weit von dem Ort, an dem sie jetzt Unterschlupf gefunden hatte. Zuerst wollte sie es nicht wirklich glauben. Doch dann ging alles plötzlich ganz schnell. Etwas in ihr übernahm die Führung. Sie prüfte die Termine, fand den Ort auf der Karte. Dann nur noch ein Telefonat und die Anmeldung war vollzogen.
Aufregung, Furcht und Freude zugleich strömten durch ihr Wesen.
Eine Lawine aus unterschiedlichsten Gefühlen versetzte sie in Aufruhr und Verwirrung. Wie seltsam – obwohl sie bei dem

kürzlichen Angebot, nach Sri Lanka zu fliegen, um bei einem buddhistischen Mönch in Klausur zu gehen und zu lernen, Freude und Hoffnung empfunden hatte (… „nun ist es endlich soweit, ich weiß wieder, wo es langgeht“ …), war es ihr nicht gelungen, die Reise zu organisieren. Unsicherheit und Unschlüssigkeit hatten die ganze Zeit wie ein großes Fragezeichen im Raum gestanden.
Und jetzt fand tatsächlich ein Seminar in ihrer Umgebung statt, und zwar mit genau diesen, im Film gesehenen Schamanen. Welch ein Regisseur war hier am Werk, der die Dinge so magisch zusammenführte?

Sie ging in ein Café, bestellte sich einen Espresso, war verwirrt, glücklich, ein wenig erregt ob der plötzlichen Entwicklungen. Als sie sich zu beruhigen versuchte, klingelte auf einmal ihr Handy. Eine Bekannte war am Apparat und fragte, ob sie vielleicht Lust hätte, einen Auftrag für eine Produktion zu übernehmen. Sie war zuerst sprachlos, doch im nächsten Moment sagte sie zu, ohne lange zu überlegen. Wie wunderbar! Jetzt hatte sie diese Produktion, also Geldeinnahmen, und in ein paar Tagen das Seminar.

Doch die viel größere Überraschung sollte sie im Seminar mit den Schamanen erleben, das ihr bisherigen Leben noch viel mehr aus den Angeln heben würde.

mich mir meinem selbst zurückgegeben

eines langen tages
machte ich mich auf den weg
mich mir
meinem selbst zurückzugeben

wo sollte ich beginnen
hatte mich doch
durch so viele jahrhunderte hindurch
selbst verloren
ariadne im labyrinth

aber etwas in mir schien gewiss
wusste da gibt es einen faden
eine spur der ich folgte

immer wieder packte mich das grauen
beim blick in die pure angst
das verlassen der gewohnten spur
brachte mich fast um den verstand
erblickte ich doch immer wieder
das haupt der medusa

ein anderer teil jedoch
flüsterte leise
zärtlich in mein ohr

vertrau mir
vertrau
folge dem ruf
deines herzens

dies sollte nun
die schwierigste lektion sein

mein verstand
machte es mir schier unmöglich
den ruf zu hören
zu schmecken
zu spüren
zu erkennen
wie sehr wollte ich erkennen
einordnen
wissen so ist es
daran kannst du dich festmachen

festmachen
ja dieses wort
ich wollte mich
an irgendetwas anbinden
denn die angst
im kosmos verloren zu gehen

war riesig unerträglich
immer wieder die angst verloren zu gehen
doch je mehr ich mich anstrengte
mich an etwas festzumachen
spielte mir das leben
einen anderen lehrmeister zu
lehrte mich
dass dies nicht möglich war

risse entstanden
schicht für schicht platzte förmlich auf
besser gesagt unförmlich
so vieles wollte nicht mehr passen
auch setzten die risse schmerzen frei
nie gefühlter unerträglicher schmerz
dies konnte wähnte ich
unmöglich nur der eigene sein

doch der lavastrom
fing an zu fließen
unaufhaltsam setzte sich durch
was hervortreten wollte
dann ahnte
spürte ich es plötzlich
mein eigenes
unerträgliches strömen
und es begann

danken

danken
nichts als danken
kein schwanken mehr
nein
nichts als danken

dem tag
der nacht
der sonne
dem mond
dem körper
der stimme
den händen
den sinnen
dem augenblick
um augenblick
um augenblick

du hieltest nun einzug
voller demut verstummt
ist zweifel
ist angst
die sorge
der mund

doch
wandle ich auch
im dunklen einst noch
so bin ich gewiss
dass du bist auch dort
mit glanzvollem schein
dem herzen zugewandt
fröhlichem sein

so tanze und tanze
dem leben entgegen
die schöpfende kraft
lässt dich niemals allein

so sei ganz und gar
in jedem moment
so kannst du kaum fassen
die fülle des seins
nur wenn grenzen du steckst
wird enge dich fassen
wenn du sie jetzt brauchst
so lass sie nur ein
tauch tief
tief hinein

sie zu spüren
zu schmecken
denk niemals
du bist es
denn du
bist das sein
in allem in jedem
in jedem moment
so sei
sei ganz offen
und halt dich bereit
so kann sein dich erfassen
es
ist befreit

Das Flugzeug setzte zum Landeanflug an.
Airport Kathmandu!
Eine fast undurchdringbare Dunstglocke lag über der Stadt. Keine Berge in Sicht. Es war unvorstellbar für sie, nun in Nepal zu sein.

Noch nie hatte sie sich alleine in ein Flugzeug gesetzt, um so weit weg in eine andere Kultur zu fliegen, zu Menschen, die sie überhaupt nicht kannte.
Die Geschehnisse der letzten Wochen und Monate waren immer noch nicht fassbar für sie.

Ja, sie hatte an dem Seminar mit den Schamanen teilgenommen und zu ihrer größten Überraschung hatte ihr der Leiter des Centers der Himalayaschamanen nach einem Ritual mitgeteilt, sie könne gerne nach Nepal kommen, wenn sie wolle – sie seien bereit, sie auszubilden, beziehungsweise einzuweihen. Und obwohl sie später erfuhr, dass sie vor Ort noch eine weitere Überprüfung über sich ergehen lassen musste, verspürte sie keinerlei Zweifel: Sie würde nach Kathmandu fliegen und bei den Schamanen leben und lernen, wie lange es auch immer dauern würde. Mitte/Ende April wurde sie dort erwartet und ihr Entschluss stand fest.
Sie war frei, die Wohnung war aufgelöst und der Auftrag für die Produktion würde ihr wieder etwas Geld einbringen. Eine größere Instanz schien, wie so oft, am Werk zu sein, alles floss ganz leicht ineinander und sie ließ sich von dem Strom tragen – auch wenn sie häufig tiefer durchatmen musste.

Sie fand einen günstigen Flug, organisierte das Visum und packte einfach ein paar Sachen in einen Rucksack, ohne genau zu wissen, was sie brauchte. Dankbar nahm sie das Angebot einer Freundin an, im Wohnzimmer ihrer 40 m^2 Wohnung auf dem Boden zu nächtigen und sich am Abflugtermin zum Flughafen fahren zu lassen.
Dann war sie auf sich gestellt.

Die Maschine war mittlerweile auf sicherem Boden gelandet. Müde und etwas unsicher verließ sie das Flugzeug, lief über die Rollbahn zum Flughafengebäude, erledigte dann die Einreiseformalitäten.
Diese vielen Menschen, dieses Chaos ...
Beim Abholen des Gepäcks wurden ihr das erste Mal die Knie weich.
Tapfer verteidigte sie ihren Rucksack, denn sie war nicht bereit, ihre wenigen Habseligkeiten einem Träger zu überlassen.
Atmen, du musst atmen, dachte sie.
Dann setzte sie sich erst einmal auf ihr Gepäck, ihr Magen meldete sich mit Übelkeit.

Die Begegnung mit Menschen aus den unterschiedlichsten Kulturen war für sie zu jenem Zeitpunkt noch eine große Herausforderung – sie war vom Wesen her nicht besonders robust und besaß auch keine Reiseerfahrungen in Asien.

Einige Zeit verging, bis sie in der Lage war, sich zu erheben, ihren Rucksack aufzusetzen und sich einen Weg durch die chaotische Menge zu bahnen. Noch schnell zu einer Wechselstube, dann verließ sie das Gebäude, um sich ein Taxi zu nehmen.

Als sie die vielen männlichen Taxifahrer auf der gegenüberliegenden Straßenseite hinter der Absperrung sah, stockte ihr kurz der Atem und sie erstarrte. Keinen Schritt weiter wollte sie gehen, sich auf keinen Fall hinter die Absperrung begeben, um sich dieser männlichen Dominanz auszuliefern. Wie in einem anderen Raum hörte sie sich leise mit sich selbst sprechen.

> Oh Gott, was habe ich nur getan!
> Ich bin komplett verrückt geworden! Allein hierher zu reisen, in eine unbekannte Kultur, zu Menschen, die ich gar nicht kenne. Ohne die geringste Ahnung, was hier wirklich stattfindet.

Am liebsten hätte sie sich wieder in das Flughafengebäude geflüchtet und den nächsten Flug zurück nach Deutschland genommen. Die Fahrer auf der anderen Seite boten ihr mit den Händen fuchtelnd ihre Taxis an, keines der Autos sah irgendwie vertrauenswürdig aus. Dazwischen Soldaten mit Maschinengewehren. Nein, Nein, schrie alles in ihr, nur keinen Schritt weiter, dem Ganzen bist du nicht gewachsen! Wie einfach erschienen ihr mit einem Mal die letzten Wochen und Monate mit allem, was geschehen war.

Plötzlich vernahm sie wie durch einen Nebel hindurch eine Männerstimme, die sie fragend mit ihrem Namen ansprach. Sie drehte sich langsam um und starrte ihr Gegenüber mit blassem Gesicht und verängstigten Augen an. Sekunden vergingen.
In ihrem Kopf herrschte wildes Chaos, doch gleichzeitig machte sich Erleichterung breit. Und da es ihr allemal sicherer erschien, bei ihrem Abholer einzusteigen, als allein hinter die Absperrung zu treten, nahm sie das Angebot dankbar an. Mit ihrem Begleiter an der Seite waren ihre Beine wieder bereit, vorwärtszuschreiten.
Sie stieg in das Taxi und wurde vom Flughafen mitten durch Kathmandu gefahren.

Lärm, Dunst und eine von alten Dieselmotoren geschwängerte Luft schlugen ihr entgegen. Es hupte an jeder Ecke. Fahrradfahrer, Rikschas, Fußgänger – alle drängelten sich zur gleichen Zeit durch die engen Gassen.
Dazwischen kleine, mit Menschen vollgestopfte Tuktuks und Motorräder mit drei oder mehr Passagieren, meist mit einem Kleinkind in der Mitte.
Verfallene Häuser und historische Gebäude stritten um die Aufmerksamkeit,vermüllte Ecken und große erhabene Buddhastatuen zogen an ihr vorbei, und sie sah Menschen, die sich selbst und ihre Kleidung in verschmutzten Gewässern wuschen.
All dies stürzte in Windeseile auf sie ein. Sie sah ordentlich frisierte Kinder in schönen blauen Uniformen und schmutzverschmierte Kindergesichter, aus denen große Augen schauten.

Ihre Gefühle schlugen Purzelbäume. Faszination lieferte sich einen Wettstreit mit Fassungslosigkeit!

Würde man mich jetzt hier einfach aussetzen, dachte sie, dann wäre ich wahrscheinlich für immer verloren. Bin ich der Situation denn wirklich gewachsen?

Wer schon einmal das wahre, alltägliche Asien kennengelernt hat, kann sich sicher vorstellen, was ihr hier begegnete – und ich spreche nicht von den auf Hochglanz polierten Touristenvierteln in Thailand, auf Bali oder an sonstigen Urlaubsenklaven, sondern vom puren, einfachen Leben dieser Menschen hier. Von diesem bunten, wilden, chaotischen Treiben auf den Straßen.
Von Hühnern und Ziegen, die am Straßenrand geschlachtet werden. Vom überwältigenden Geruch nach Blut, Räucherwerk, Süßem und Verbranntem.
Unbefestigte Straßen, die während des Monsuns davongeschwemmt werden.
Saddhus, Bettler, Hindus, Nepali, Gurung, Tibeter, Mönche. Glocken, die geläutet werden, das Gemurmel irgendwelcher Menschen beim Gebet.
Fahrradfahrer, die Mangos oder Banane feilbieten.
Kleine Läden, die eher aussehen wie Garagen.
Von all den wechselnden Eindrücken, die ihr Wesen zu verarbeiten suchte.
Müde und erschöpft lehnte sie sich zurück.

Obwohl sie mit ihrem Fahrer kaum ein Wort gewechselt hatte, begann sie die angenehme Atmosphäre der Sicherheit zu spüren, die sie ein wenig entspannte.
Wie müde sie war!
Sie schloss die Augen und gab sich dem Rumpeln und Poltern des Fahrzeugs hin. Tränen liefen ihr die Wangen hinunter – Tränen der Entspannung, aber auch der Einsamkeit inmitten dieses hektischen Treibens.
Ein Stück außerhalb von Kathmandu bog das Auto in eine engere Straße ein, fuhr über einen mit Schlaglöchern übersäten, unbefestigten Boden und stoppte vor einem einfachen Haus.
Sie war sich nicht sicher, ob sie es wirklich gut fand, dass die Fahrt jetzt endete: Dann musste sie den kleinen, sicheren Kokon, der während der Fahrt entstanden war, schon wieder verlassen. Sie fühlte sich so klebrig, müde und verschwitzt ... Konnte sie nicht einfach sitzenbleiben und sich durch ganz Nepal hindurchfahren lassen? Aber nein, jetzt hieß es, sich einer Realität stellen, die sie ja selbst gewählt hatte. Mit gemischten Gefühlen verließ sie das sichere Terrain und stieg aus dem Wagen. Ihr Gepäck wurde schon entgegengenommen, der Leiter des Research Center begrüßte sie freundlich und führte sie in das Haus. Ihr Fahrer folgte, denn wie sie später erfuhr, war er der Stammfahrer des Instituts.
Nachdem sie allen Bewohnern vorgestellt worden war, ging es weiter in den Altarraum, der im Halbdunkel lag, nur eine paar Kerzen brannten, wie immer. Sie lächelte: Ja, das Feuer musste gehalten werden.

Sie setzte sich im Schneidersitz vor den für sie sehr ungewöhnlichen Altar. Unheimlich wirkende Masken, die an den Wänden angebracht waren, starrten auf sie herab. Trommeln standen hochkant auf dem Boden oder hingen von der niedrigen Decke, sie sah Körbe mit rotgefärbtem Reis, Federn, Dorjes, Phurbas, Glocken.

Eine Räucherschale stand bereit, mit der man sie von Kopf bis Fuß beräucherte. Einige Gebete oder Mantren wurden gesprochen und jemand strich ihr mit einer Mala über den Körper – ein kleines Reinigungsritual, um sie willkommen zu heißen, aber vor allem, um sie von allem zu befreien, was sie auf ihrer Reise eingesammelt hatte.

Da war es! Gerade erlebte sie ein klein wenig von dem, was sie oft als Bedürfnis in ihrem Inneren gespürt hatte. Sich reinigen, klären und ausrichten.

Nach der Zeremonie wies man ihr einen kleinen, abgedunkelten Raum zu, der mit vier Betten, zwei Stühlen und einem Regal ausgestattet war, auf dem sie ihre Kleidung ausbreiten konnte. Auf der Terrasse würden gleich Wasser und Tee serviert. Sie stand im Raum und schaute sich ratlos um. Dies würde also ihr neues Domizil sein.

Sie konnte es kaum fassen. Um den Fluchtgedanken Einhalt zu gebieten, die sie schon wieder überfielen, setzte sie sich erstmal auf ein Bett: Boden gewinnen, sich festhalten. Den Schlafsack ausbreiten. Trotz der vorhandenen Bettbezüge und Decken entrollte sie ihren mitgebrachten Schlafsack und baute sich eine kleine, bekannte Insel.

Ihren kleinen Buddha hatte sie nicht gewagt mitzunehmen – was, wenn sie ihn verlöre?
Jetzt vermisste sie ihn schmerzlich.
Doch in der Tiefe ihres Wesens spürte sie wieder, dass etwas von ihm anwesend war. Ein weites, zärtliches, tiefes Nichts, in das sie hineinglitt.

Von draußen drangen Geräusche und Stimmen in den Raum, doch die plötzlich eintretende Stille in ihr war stärker. Sie hörte ihr Herz schlagen.
Ihr Verstand hatte offenbar alle Gedanken angehalten, zu groß war die Verwirrung ob der fremden Situation.
So saß sie regungslos einfach mit sich allein und genoss die Dunkelheit des Raumes. Nach einer Weile bewegte sich ihr Körper. Sie legte sorgsam ihre Kleidung und ihr Handtuch auf das kleine Regal, stellte ihren Minikulturbeutel dazu. Ihre Schuhe platzierte sie auf dem Boden – wohl um sich klar zu machen, nun bist du wirklich HIER. Aber es blieb nur ein Gedanke.

Nach all den vielen Eindrücken hatte sie vor allem das Bedürfnis, sich in ein Bad zurückzuziehen, doch so einfach sollte es nicht sein. Als sie nach einer Weile auf die Terrasse kam, um mit den Anderen Tee zu trinken, erfuhr sie vom Sohn des Hauses, dass es kein Bad gab, aber es würde gerade Wasser heiß gemacht und ein großer Vorhang sei im oberen Teil des Hauses auf dem Balkon installiert worden, hinter dem sie sich dann später waschen könne.

So saß sie auf der Terrasse, trank den angebotenen Tee und sog bewusst die leicht feuchte, dunstige Atmosphäre in sich ein. Sie schaute auf ein Feld mit heranwachsendem Mais, das sich an einem leicht absteigenden Hang zwischen den Häusern entlangzog. Viele Häuser und trotzdem ein wenig Ausblick, dachte sie. Wie schön. Sie schloss für einen Augenblick die Augen, ließ das Treiben um sie herum weiter auf sich wirken. Dann begann sie, in ihr kleines mitgebrachtes Buch zu schreiben.

Nun bin ich also in Nepal. Ein sonderbares Gefühl. So neu, so fremd, so irreal.
Warum bin ich wirklich hierher gekommen?
Wie verhalte ich mich einer fremden Kultur und Menschen gegenüber, die ich überhaupt nicht kenne, in deren Haus ich ab jetzt nächtige? Sicher würde sich irgendwo ein schickes Hotel finden lassen, doch das ist nicht so gewollt.
Ich fühle mich verunsichert, mit mir selbst konfrontiert ...
Doch gleichzeitig ist da wieder diese Stimme, die offensichtlich weiß, dass alles richtig ist - dass sich offenbaren wird, warum ich hier bin.
Vielleicht geht es gerade darum, die eigenen Ängste und Gewohnheiten abzulegen!
Verunsicherung zuzulassen.

Sich hinzugeben an alles, was hier geschehen will und einfach sehr aufmerksam zu sein.

Der Leiter des Centers setze sich zu ihr, um ihr ein paar Hinweise zu geben, natürlich alles auf Englisch: Sie bekäme später ein Mantra, mit dem sie ab sofort arbeiten könne, dafür stehe ihr der Altarraum jederzeit zur Verfügung. Und sie solle an der Heilzeremonie teilnehmen, die im Haus stattfand, um ihren Eindruck zu vertiefen und ein paar der Schamanen kennenzulernen, mit denen sie die nächsten Monate verbringen würde.
So ging sie nach oben, reinigte sich hinter dem Vorhang so gut sie konnte und begab sich danach in den Altarraum, wo sie sich auf den Boden setzte.
Sie wurde von den Schamanen betrommelt und besungen und wusste: Auf diese Weise übertrug man ihr das Mantra. Die ihr sehr fremden Worte schrieb sie auf.
Bei der Zeremonie wurde ihre Aufmerksamkeit besonders von einer kleinen metallenen Phurba mit Schneelöwenkopf angezogen, die ihr unter den vielen Gegenständen, die vor ihr auf dem Altar lagen, besonders auffiel. Wie bei ihrem kleinen Buddha hatte sie den Eindruck, dass diese Phurba mit ihr kommunizierte.

Als sie später in der hinteren Ecke des Raumes Platz nahm, um das nun folgende Heilritual mitzuerleben, kam der junge Mann herein, für den die Zeremonie angesetzt war. Ihre Blicke streiften sich und ein heftiger Schmerz durchzog ihren

Körper und ließ sie zusammenzucken. Bilder stürzten auf sie ein. Sie hatte das Gefühl, den gesamten Schmerz des Mannes in ihrem eigenen Körper wahrzunehmen.
Erst als der Schamane, der diese kleine Begegnung registriert hatte, leise Worte zu sprechen begann und dazu trommelte, verspürte sie Erleichterung.
Als die Trommelschläge lauter wurden, hatte sich zu ihrem großen Erstaunen der ganze Altarraum mit Menschen gefüllt. Die Schamanen vollzogen verschiedene, ihr unbekannte Zeremonien und die Menschen drängten sich wie kleine, neugierige Tierchen zusammen. Sie war fasziniert und ängstlich zugleich, wie würde sie hier zurechtkommen?
Um sich ein wenig aus der Situation zu stehlen und dennoch anwesend zu bleiben, schloss sie kurz die Augen.
Da veränderte sich plötzlich etwas in ihr: Das intensivere Trommeln und der Gesang des Schamanen schienen sie in ihren sehr vertrauten inneren Raum zu führen ... einen weiten, freien Raum.
Wie von selbst öffneten sich ihre Augen und sie sah, dass sich der Körper des Schamanen heftig schüttelte.
Oh, wie gut ich das kenne, dachte sie.
Schamvoll hatte sie die ganze Zeit versucht, ihr eigenes Beben zu kontrollieren, doch nun gab sie nach und vibrierte. Es wurde weiter gesungen und geräuchert, die Trommelrhythmen veränderten sich, wurden schneller und schneller.
Unvermittelt sprang der junge Mann von seinem Platz auf, zappelte, schimpfte wie wild geworden drauflos und sackte endlich nach einer ganzen Zeit erschöpft in sich zusammen.

Allmählich begann alles ruhiger und langsamer zu werden. Der Trommelrhythmus, der sich während der Zeremonie bis ins Ekstatische gesteigert hatte, beruhigte sich.
Alles kehrte ins Alltägliche zurück. Sie war dankbar und auch froh, nun schlafen gehen zu können.

Morgens um vier erwachte sie aus einem tiefen, schweren Schlaf.
Ihr Körper kämpfte sichtlich damit, sich auf das neue Klima einzustellen. Kleine, dick geschwollene Augen. Auch ihre Hand- und Fußgelenke hatten ihre normale Form verloren.
Trinken, dachte sie.
Ja, sie hatte definitiv viel zu wenig getrunken, in der Befürchtung, nachts in der Dunkelheit hinauszumüssen.
Nirgends ein Wasserhahn. Und selbst, wenn es einen gäbe, würde sie sich nie und nimmer trauen, ihn einfach aufzudrehen und daraus zu trinken. Also hatte sie in Zukunft dafür zu sorgen, genügend Wasserflaschen in ihr Zimmer zu stellen.
Erste Geräusche waren zu hören. Zähneputzen im Freien. All die kleinen, alltäglichen Dinge erhielten in dieser Umgebung eine neue Bedeutung. Sie warf sich ein leichtes Kleidungsstück über und machte sich auf den Weg zu ihrer neuen, allmorgendlichen Toilette.
Selbst in der Dämmerung war die schwere Luft von Räucherwerk getränkt, es hatte etwas von Magie. Entfernt hörte sie ungewohnte Vogelklänge und die Aufwachgeräusche der Menschen im Umland.

Ja, dachte sie, ich werde gleich nach dem Aufstehen in den Altarraum gehen, um mit dem mir übertragene Mantra zu arbeiten. Es sollte ihr als „Schutz“ und zur Ausrichtung dienen, als Zentrierung, um sich selbst als Mikrokosmos im Makrokosmos wiederzuerkennen.
Mühsam versuchte sie sich die fremden Worte einzuprägen, was ihr an diesem ersten Tag durch eine zusätzliche Trommellektion auf der sehr eigenwilligen Schamanentrommel, der Dhyangro, und das Singen weiterer Mantren erschwert wurde.
Selbst die darauffolgenden Tage verbrachte sie größtenteils mit Lernen. Stundenlang saß sie – teils mit den Schamanen, teils allein – um die Texte, Gesänge und verschiedenen Trommelrhythmen zu lernen, die Kosmologie zu verstehen und mehr über die Heilkräuter und die verschiedenen daraus hergestellten Räucherwerke zu erfahren. An einem Nachmittag durfte sie dann ihr erstes Räucherwerk herstellen: sieben Heilkräuter, eingedreht in Reispapier.

Immer wieder haderte sie mit ALLEM, verspürte aber dennoch eine Art Befreiung. Sie fühlte zunehmend eine Kraft in sich, die sie so deutlich noch nie hatte wahrnehmen können.

An einem Tag stand zur Abwechslung – und zu ihrer größten Erleichterung – ein Ausflug in die historischen Viertel von Kathmandu auf dem Plan. Sie war zutiefst dankbar, denn das ständige Sitzen, Trommeln und Rezitieren machten ihr zu schaffen, selbst wenn sie zwischendurch gelegentlich einen

kleinen Spaziergang zum Shivatempel machte, wie man es ihr empfohlen hatte.
Häufig saß sie schon frühmorgens dort unten am Tempel und meditierte. Um sie herum spielende Kinder, die sie genauestens inspizierten und beobachteten. Manchmal saßen sie vor ihr, als blickten sie in einen Fernseher. Manchmal saß sie mit ihnen zusammen und sie lernten englische und nepalesische Worte.
Eines stellte sich in der kurzen Zeit sehr schnell für sie ein: Ausrichtung und klare Absicht.

seither bin ich

mein leben
ist seither
verändert

so werf ich mich nieder
und singe dir lieder

für den unbändigen mut
für die überschäumende kraft
für das stille anhalten
für all die möglichkeiten
für so viel liebe
für so viel erkennen
so viel zartheit empfangen zu können
für all die unterschiedlichen gefühle
für all die intensität
danke dir mein leben
seither bin ich

hörst du

hör
lausch
dem klang der erde
ein regentropfen
fällt

der wald
erbebt
erzittert
ein bach
der gluckst
und zischelt
und rauscht

ein windstoß
durch die bäume gleitet
mein haar in wirren hinterlässt

aufgehen
und niedergehen
der sonne
zeugt klang

wunderbare
seltene momente
spürt sich mein körper
von bewusstsein
tief durchdrungen

wundersames gefäß dies
geheiligter tempel
so heiß umsungen
entspringt sogleich ein klang
ein lied aus mir

Bei ihrem Ausflug in die Stadt waren die Zeremonienräume der Klöster in Boudhanath, einem buddhistischem Viertel Kathmandus, zu einer dreitägigen Tara Puja geöffnet.
Eigentlich sollte sie sich mit den anderen beiden Gästen verschiedene Tempel, Plätze und historische Viertel anschauen, doch als sie Boudhanath betrat, schien es, als stiege eine weite, ferne Erinnerung in ihr auf und sie wusste plötzlich, dass sie die Reise nach Nepal auch für diesen bestimmten Ort angetreten hatte.
Sie fühlte sich wie verwandelt. Alles in ihr begann zu jubilieren. Das Gefühl, nach Hause zu kommen, erfüllte sie sanft und liebevoll.

Nein, ich will nirgendwo mehr hin!
Ich möchte hier allein umherstreifen.

Wieder war ihre innere Stimme die führende Kraft.
Obwohl es ihr unangenehm war, entschied sie sich, dem Fahrer des Zentrums und den zwei anderen Teilnehmern des Ausflugs mitzuteilen, dass sie hier verweilen wolle, ja, sie ging sogar soweit, ihnen verständlich zu machen, dass sie sich später ein eigenes Taxi suchen und allein zurückkommen würde.
Obwohl ihr schon bei dem Gedanken graute.

So schrieb sie später in ihr Buch:

> Allein vor die Tore von Boudhanath zu treten, in das Menschengewimmel, in ein Unberechenbares hinein, um mir einen vertrauenswürdigen Taxifahrer herauszusuchen, zu erklären, wohin ich will, einen Preis auszuhandeln, mich dann mutig quer durch die Stadt transportieren zu lassen ...
> Ja, entschied ich, ich bin bereit, all dies in Kauf zu nehmen, denn ich kann mich dem Gefühl, das mich hier erfasst hat, nicht mehr entziehen.

Ein fernes Wehen setzte sie in Brand, brachte ihr Inneres zum Jubeln. Es hielt sie wie magisch an diesem Platz.
Die Gebetsfahnen, das Murmeln, die Gesänge der Mönche, die Glocken, die immer wieder angeschlagen wurden, das plötzliche Einsetzen der verschiedenen Instrumente der Mönche im Kloster – all das ließ sie nun vollends eintauchen.
Sie ließ sich tragen und gleiten, war im Inneren bereit, sich niederzuwerfen, wenngleich sie nicht das Bedürfnis verspürte, es wirklich körperlich zu tun oder irgendeiner Lehre zu folgen.
Nein, es ging offensichtlich darum, sich selbst und alle Konzepte oder Vorstellungen loszulassen und wieder einzutauchen in diesen weiten Raum.

Sie erlaubte es sich, in eine Welt entführt zu werden, in der eine uralte, immer schon in ihr vorhandene Unruhe langsam abzuebben begann. Das erste Mal in ihrem Leben erfüllte sie wahres, tiefes Glück.

Da gab es nichts mehr in ihr, was noch hätte getan werden müssen.

Sehnsucht und Melancholie schienen sich hier aufzulösen ...

Sie stieg auf die Dachterrasse eines kleinen, fast leeren Restaurants, bestellte eine Mango-Lassi, spürte die sanfte Kühle des frischen Getränks in ihrem Mund und sah einfach dem Treiben von hier oben aus zu.

Tiefer Frieden stellte sich ein. Sie ließ die Bilder und Klänge ganz auf sich wirken.

Tibeter in ihrer farbenfrohen Tracht, die sich, von Niederwerfungen unterbrochen, langsam um den Stupa bewegten oder sich im Innenhof auf den dafür vorgesehenen Plätzen zu Boden warfen. Die allgemeine Geräuschkulisse und der Klang der Instrumente, die auch aus der Ferne zu hören waren.

Ein unerwartetes Aufreißen des Himmels – und das plötzliche Erscheinen der majestätischen Gebirgskette brachte sie aus der Fassung.

Tränen, Freude, Fassungslosigkeit, die nicht zu beschreiben sind.
Ein überwältigender Anblick.

Nach einer ganzen Weile verließ sie das Restaurant und begab sich nach unten in das Treiben, gliederte sich ein in dieses immerwährende Strömen, lief wie alle anderen um den Stupa, drehte die Gebetsmühlen und sang leise vor sich hin. Immer mehr wurde sie sich dieser unglaublichen, selbstverständlichen Kraft gewahr.

Dann bestieg sie den Stupa.

Tauben, Menschen, Gebetsfahnen, die im Wind wehten, Kinder, die umherrannten. Sie ließ sich im Schneidersitz auf einer hoch gelegenen Fläche nieder, lauschte den Klängen, den Geräuschen, schloss die Augen und sank in eine tiefe Meditation.

hindurch gerutscht

jahr um jahr verstreicht
jahr um jahr verstehe ich weniger
doch spüre es mehr und mehr
alles ist in allem enthalten

ich spüre mich
kindlich rein
mir so nah
so unendlich nah
als wäre es gerade
neu geboren in mir
gleichzeitig fühle ich
die unendliche müdigkeit
das nicht mehr wollen
einfach nicht mehr können
zu viel gesehen

ich fühle die unendlichen jahrzehnte
ja jahrhunderte
liege hier
schluchzend weinend
fallend
gleichzeitig bricht wieder etwas auf
wird das halten
das krampfhafte halten losgelassen

ich falle hinein in die unendliche
nicht enden wollende tränenflut
in die unerträgliche müdigkeit
in die sehnsucht
des körpers gehalten zu werden
eine liebende hand zu spüren

seltsam dieses gefühl
des freien falls
dieses gefühl
das eigene halten
loszulassen
den fall zu spüren
und gleichzeitig
die frage auftauchen zu sehen
warum ist da niemand der dich hält
warum

jede zelle des verstandes
schreit nach identität
jede zelle des körpers
schreit nach berührung
der schrei scheint jahrtausende alt zu sein
zur gleichen zeit
kann ich all das gelebte leben wahrnehmen

den moment der glückseligkeit
der sich mir beim anblick
eines mit moos bewachsenen baumes
einprägt

doch einer der mich hält
doch wer ist es
der da denkt
fühlt
spürt
sieht

so gleite
ich weiter
hinein ins meer
schwimme verzweifelt
und verzweifelt
und verzweifelt
nach richtung suchend
schwimme verzweifelt
doch horizont und meer
haben sich vereint
keine richtung mehr

da plötzlich
erneut das krampfhafte halten
losgelassen
höre ich auf
zu schwimmen
gleite
wieder hinein
in den freien fall

frieden

so treibe ich
auf dem meer dahin
bin wasser
bin meer
bin tropfen
und himmel
und bin

oder bin ich

Eine sie streifende Hand schreckte sie auf. Was war das? Ihr Herz raste vor Schreck.
Verwirrt öffnete sie die Augen und blickte direkt in das Augenpaar eines Kindes, das ihr gegenüber saß. Offenbar hatte seine Hand sie gestreift, holte sie wieder zurück auf den Platz.
Fragende Kinderaugen, die sie glasklar ansahen. „What is your name?“, flüsterte eine leise Stimme, „where do you come from and what are you doing here?” Sie war nicht in der Lage zu antworten. Sie und das Kind blickten sich so still und verbunden an, als seien sie eins. Seine großen, fragenden Augen ruhten auf ihr. Augen, die aus dem Gesicht einer vielleicht Achtjährigen schauten, aber eine Weisheit in sich trugen, die ihr einen sanften Schauer über den Rücken jagte.

Unvermittelt strich das Mädchen über ihre Hand und bedeutete ihr, aufzustehen und mitzukommen. Sie folgte der Aufforderung ohne zu zögern, stand auf, nahm die ihr angebotene Hand und verließ den Platz. So liefen sie den Stupa hinab, hinein in die Menschenmenge.
Das Mädchen brachte sie vor die weit geöffnete Tür eines der Klöster. Gebannt blieben sie inmitten der vielen hineinlaufenden Menschen stehen. Viele Tibeterinnen. Plötzlich war ihre kleine Begleiterin so unvermittelt verschwunden, wie sie erschienen war. Wieso wunderte sie das nicht?
Doch eine gewisse Wehmut blieb in ihrem Herzen: Schade, dass sie nichts von ihr erfahren hatte.
Fasziniert und innerlich zerrissen stand sie vor der offenen Türe. Sollte sie wirklich hineingehen? Alles fühlte sich so

vertraut an, aber da war auch Scham in ihr. Trotzdem wagte sie es, ihren Fuß über die Schwelle zu setzen – und wurde sogleich von einer älteren Tibeterin am Arm gefasst, die sie neben sich auf den Boden zog. Sie konnte kaum fassen, was sie da erlebte: Angekommen, dachte sie, ja, ich fühle mich angekommen. Erneute tiefe Glückseligkeit.
Ihre Nachbarin erklärte ihr, dass die Tore für eine dreitägige Tara Puja geöffnet seien. Tara Puja? Was das wohl bedeutete? Doch sie kam nicht dazu, lange nachzusinnen. Der Sog der fremdartig klingenden Instrumente und das Singen und Murmeln der Mönche erzeugten ein Energiefeld, das ihren ganzen Körper zum Beben, Vibrieren und Schütteln brachte. Sie stand in Flammen, dachte noch kurz: „Om Tara, ich verneige mich", und schon wurde sie irgendwie hinausgeschleudert aus ihrem physischen Gefäß. Sie schwebte.

Nein, ich sitze doch hier in diesem Raum, eng gedrängt zwischen anderen Frauen, sehe sie, spüre deutlich ihre Körper. Gleichzeitig nehme ich alles aus einer anderen Perspektive wahr, betrachte die Dinge von oben.
Ängste ziehen hoch, Widerstände machen sich bemerkbar, ich fürchte, mich endgültig zu verlieren, wie so oft in den letzten Monaten. Lass los, denkt es in mir.
Dann ein plötzliches Fallen ins Nichts, als ob ein Flugzeug in ein Luftloch gerät ...

Und erneut ist wieder alles von oben zu sehen - doch gleichzeitig habe ich das Gefühl, selbst dort unten zu sitzen.
Das Bild verändert sich, ich sehe die Augen der älteren Tibeterin vor mir, spüre sie ganz warm und nah neben mir; sie lächelt mich an, ich fühle mich von ihr gehalten, kann erneut loslassen und schaue hin, abermals von oben. Sehe die tanzenden Mönche mit ihren Masken und übergroßen Hüten.
Alles scheint durcheinander zu wirbeln, mittendrin tanze ich im roten Feuer, wild und frei. Jede Bewegung ist fühlbar. Erneut dreht sich alles, gleichzeitig durchfluten mich unendliche Weite, große Sanftheit, tiefer Frieden, Liebe und Mitgefühl. Es wird still in mir ...

Ihre Augen öffneten sich. Ihr wurde bewusst, dass die Rückfahrt anstand. Ein Taxi finden!
Am liebsten wäre sie einfach sitzengeblieben, um sich weiter dem Strom hinzugeben, der sie getragen hatte, doch sie wusste, dass sie zurück zu den Schamanen gehen musste.
„Tashi Delek", hörte sie sich sagen, um sich von ihrer tibetischen Nachbarin zu verabschieden, die ihr mit einer kleinen, zarten Geste über den Kopf strich.
Sie stand auf, verließ den Raum, ging noch eine Runde um den Stupa und dann zum Haupteingang von Boudhanath – hinaus in die hupende, chaotische, hektische Welt.
Sie fühlte sich vollkommen klar und präsent in ihrem Körper. Bereit, ihrer inneren Führung, diesem Universum, diesem eigenen Weg, der sich für sie aufblätterte, immer mehr zu vertrauen.

Auf der gegenüberliegenden Straßenseite standen Taxis.
Unvermittelt zog es sie zu einem unscheinbar wirkenden Fahrer – sie überquerte die Straße und zeigte ihm die Adresse. Er nickte nur, hielt ihr die Türe auf. Ohne einen Preis auszuhandeln stieg sie ein, schon setze sich das Auto in Bewegung. Es fing an zu dämmern. Kurz war ein leichtes Unbehagen in ihr, doch das Vertrauen in ihre innere Stimme war stärker.

sei

sei jetzt
sei mut
sei schmerz
sei alt
sei neu
und klein
und schwach
und stark
in einem augenblick
in einem augenblick

so atme tief das sonnenlicht
den wind
das meer
den sand und himmel
in einem augenblick
in einem augenblick

so liebe alt und neu und schwach
und stark und schmerz
und tief und hoch
sei weit
sei eng
sei frei begrenzt
in einem augenblick
in einem augenblick

denn hierin
liegt das lebensglück
in deinem augenblick
in deiner augen blick

Ihre erste größere Reise stand auf dem Plan. Es ging ins Gebirge, zum Haus eines ihrer Schamanenväter und seiner Familie. Der Aufstieg auf dreieinhalbtausend Meter begann mit einer Essenspause am Fuße des Berges in einem kleinen Straßenrestaurant. Es gab Reis und Dalbath, wie üblich.
Die Schamanen und die Träger setzen sich und bestellten, doch in ihr meldete sich eine merkwürdige Abwehr. Immer wieder schlich sie umher, entschied sich dann schließlich für ein paar der kleinen Bananen, die auch angeboten wurden, und eine Cola. Merkwürdig, dachte sie, Cola ist eigentlich nicht mein Getränk.
Die Bergbesteigung startete, und eine Stunde später verschwanden die Schamanen und die Träger einer nach dem anderen urplötzlich in den Büschen. Was für ein Bild! Ja, es hatte sie eindeutig erwischt. Sie schmunzelte in sich hinein und war auch ein wenig stolz auf sich: Im Restaurant hatte sie ihrer Intuition vertraut.
Als sich alle wieder eingefunden hatten, wurde ein bestimmtes Kraut gesammelt und eine Heilzeremonie abgehalten, dann konnte der Weg fortgesetzt werden.

Auf halber Strecke nächtigten sie in einfachen Lehmhütten, in denen die Schlafstätten nur durch dünnste Holzwände voneinander getrennt waren. Sie bezog ihr Kämmerchen und schreckte unvermittelt zurück – direkt über ihrem Bett saß eine handtellergroße Spinne an der Wand. Auf ihre Bitte kam der kleine Sohn des Hauses angelaufen, packte kurz zu und transportierte das haarige Wesen nach draußen.

Doch als sie sich nach dem Essen zum Schlafen hinlegen wollte, saß das Tier wieder an der gleichen Stelle.
Was sollte sie nun tun? Noch einmal um Beistand bitten wollte sie nicht.
So setzte sie sich mutig an das Fußende ihres Bettes, schaute das Tier an und meditierte. Plötzlich war ihr klar, dass sie in der Spinne eine gute Hüterin hatte, und so ließ sie sich einfach in den Schlaf gleiten. Am Morgen war die „wunderschöne" große Spinne verschwunden.

Der Tross zog früh weiter durch eine beeindruckende Landschaft und sie hielt immer wieder an, um zu fotografieren. Plötzlich hörte sie eine aufgeregte Stimme hinter sich, die sie zum schnellen Weiterlaufen aufforderte: Es hatte ein wenig geregnet und der Boden war voller Blutegel, die ganz wild nach ihren Beinen waren ...

Am Abend sollten sie sich im Haus des Schamanen einfinden, und zwei Tage später würden sie in eine größere Höhle ziehen und dort fünf Tage lang bleiben. Sie wohnte auf dem Dachboden des Schamanenhauses, während die weitere Umgebung der Höhle abgesperrt, gereinigt und vorbereitet wurde. Dann war es soweit. Sie und ihr Schamanenvater bezogen feierlich die offene Höhle. Ein großes Feuer brannte.
Die nächsten Tage und Nächte trommelten sie, rezitierten all ihre neu gelernten Mantren, bis sie in Trance gerieten, und wachten einige Nächte durch – aufmerksam wahrnehmend, was geschah.

In einer der Nächte hatte sie einen Traum:

Ich befinde mich in einem recht vollen Bus, der durch ein sehr weites Land fährt. Mit einem Mal bahnt sich ein müde aussehender Mann in abgerissenen Kleidern und mit einem Säugling auf dem Arm den Weg nach hinten zu mir. Als er näherkommt, habe ich den Eindruck, es sei mein lange verstorbener Vater. Er kann sich kaum auf den Beinen halten, schaut mir jedoch mit sehr klarem und festem Blick direkt ins Gesicht und sagt laut und gleichzeitig ohne Worte: „Endlich. Endlich ist jemand bereit, dieses Kind wieder an sich zu nehmen."
Er übereicht mir den Säugling und ich nehme ihn bereitwillig an - zwar leicht verwirrt, doch irgendwie auch wissend und bewegt. Ich verneige mich.
„Nun kann ich endlich an der nächsten Kreuzung aussteigen und gehen", sagt der Mann erleichtert.
An der nächsten Kreuzung mitten in diesem weiten Land kommt der Bus zum Stehen, der Mann steigt aus und wandert nach rechts, ohne sich noch einmal umzudrehen. Ich schaue ihm nach und schon fährt der Bus geradeaus weiter.

Sicher lässt dieser Traum viele Interpretationen auf verschiedenen Ebenen zu, doch für sie wurde er zu einer Neugeburt, einer Wiederauferstehung – zu einem Schritt ins Vertrauen. Vertrauen in ihre Intuition, in ihr inneres Wissen, in ihr eigentliches Wesen. Vertrauen, der Führung zu folgen, die sie jederzeit leitete.

Und letztlich ging es darum, das Leben in größeren Zusammenhängen zu verstehen. Zu verstehen, dass wir von der Schöpfung niemals getrennt sein können. Wie denn auch – atmen wir sie doch täglich ein und aus!

zeitenwanderer

und wieder
spielt
die lebensmelodie
mir gekonnt
den zug
der vögel
in mein ohr

zu folgen
auffordernd
zu bleiben
am rhythmus

ausbrechend
aus mir selbst
zu fließen
gib dich
ohne wenn

du wirst schon sehen
er trägt
in neue länder

auf

himmelwärts gleiten

ich bin

ich bin
was keinen namen kennt
doch was dein ganzes sein
durchtränkt

ich bin
was du in mir zu sehen glaubst
mal bin ich hier mal da
mal dort zu sehen
und dann mit dir
tief mitten im geschehen

damit du lernst
erfährst verstehst und
dann auch mal
verloren gehst
um tief in dir
den grund neu zu erkennen
um ihn erneut dann
zu durchtrennen

so spiele laufe
renn mit mir
durchtränke dich in mir
so höre
lausche tief hinein
es soll der schaden dein nicht sein
so lasse ganz und gar
mich sein
in deinem ausdruck
lieben leben
so kannst du neu
und neu erheben
dich ganz und gar
im sein zu leben

Bei einem kleinen Bewegungsspaziergang während der Einweihungszeremonie – weit weg durfte sie nicht gehen – hatte sie sich unglücklicherweise den Fuß verstaucht. Doch sie nahm wie selbstverständlich weiter an der Einweihung teil, hüpfte unter anderem um vier Uhr morgens trommelnd und tanzend einen Serpentinenweg hoch, absolvierte unter einem Wasserfall ein Reinigungsritual, um dann quer über den Berg von Dorfaltar zu Dorfaltar zu ziehen und dabei zu trommeln, zu singen, zu tanzen – denn natürlich hatte sich auch in den Bergdörfern herumgesprochen, dass eine Schamaneneinweihung stattfand.
Ihr Fußgelenk war prall, doch sie gab nicht auf und führte die Einweihung tapfer zu Ende.

Viele Monate verbrachte sie mit den Schamanen und ihren Familien in diesem rauen, magischen Land, begegnete vielen verschiedenen Menschen und setzte sich auch mit ihren Nöten auseinander.
Unterzog sich noch vielen unterschiedlichen Einweihungen und nahm an einigen Heilzeremonien teil, bei denen sie mit der Zeit angehalten war, mitzutrommeln.

Gegen Ende ihres Aufenthaltes bat sie darum, längere Zeit allein in einer Höhle verbringen zu dürfen, und ihr Wunsch wurde ihr gewährt: Ganz offiziell wurde sie in ein buddhistisches Nonnenkloster auf einem Berg gebracht. Dort musste sie zunächst ein paar Tage mit den Nonnen leben, um sich auf die dort herrschende Energie einzustimmen und sich vorzubereiten, denn so einfach ließen die Nonnen eine Westlerin nicht allein in einer ihrer Höhlen sitzen.
Morgens früh um fünf ging sie zur Puja, nahm anschließend mit den Nonnen im Gemeinschaftsraum auf dem Boden sitzend das Frühstück aus Tsampa oder Currykartoffeln mit Buttertee ein.
Tagsüber kümmerte sie sich um das Sortieren von Medikamenten in der kleinen Krankenstation oder spielte manchmal mit den Novizinnen Fußball. Gelegentlich baten sie sie auch um ein kleines Fitnesstraining. Abends ging sie wieder zur Puja.
Dann durfte sie endlich in die Höhle einziehen, begleitet von einer Zeremonie einer ihrer Schamaninnen.

Sieben Tage verbrachte sie ohne zu essen in der abgelegenen, tief verborgenen Höhle, die von außen abgeschlossen wurde. Es gab eine Holzpritsche, einen Vorrat an Kerzen und draußen einen kleinen Vorhof, in dem sie sich ab und an ein wenig bewegen konnte.

In diesen Tagen wurde ihr bewusst, dass sie nun zurückkehren sollte, um alles, was sie erfahren und gelernt hatte, in ihr Leben zu bringen. Wie immer ihr weiterer Weg auch aussehen mochte, welche Hindernisse oder Hürden er auch barg – sie wusste es nicht. Und sie musste es auch nicht wissen, sie hatte sich ganz ihrer inneren Führung anvertraut.

Es war an der Zeit!

im nebel

im nebel erhebend
sich
wogender fahrt
der sonne entgegen
glückseligster art
das dunkel durchdrungen
in langer nacht
doch tiefer berührt ist
was lang war erwacht
war lang schon bereit
doch noch nicht ganz frei
so ist dann eins
was vorher schien zwei

so kehrtest tief und tiefer noch ein
ich neige mein haupt
und lasse mich leiten
und gleiten und tragen
kein zagen
nur wagen

oh, herz
welches singen und klingen ich spür
so bin ich
erwacht
riefst lang schon nach mir

Epilog

Es sollte nicht das Ende gewesen sein, wie sie immer wieder erfuhr. In Wirklichkeit war es der Anfang. Eines Morgens, nachdem sie schon einige Monate aus Nepal zurückgekehrt war, erwachte sie und befand sich in einem Zustand klarer Bewusstheit, eines Gewahrseins, das kaum in Worte zu fassen war.

Bin gerade erwacht.
Es scheint ein ganz normaler, herrlicher Tag zu sein.
Die Sonne hat sich sanft und wohlig ausgebreitet, taucht mein kleines Zimmer in eine wundersame, samtene Atmosphäre. Ich schaue auf die wenigen, schönen Gegenstände, die noch in meinem Leben sind.
Eine tiefe Dankbarkeit vibriert in mir, so stark, so süß.
Dankbarkeit für dieses Im-Leben-Sein.
Dankbarkeit für alles Erlebte und Erlebende.
Obwohl ich es nicht wirklich in Worte zu fassen vermag.
Es scheint, als ob mir das Geschenk zuteil wird, immer wieder hinter die Schönheit blicken zu dürfen.
Wieder rutsche ich in diesen Spalt, in dieses völlige Auflösen und gleichzeitige Erkennen. In diesen tiefen, klaren Zustand des Gewahrseins, sodass keine Bewegung mehr möglich ist. Stundenlang sitzend, später liegend, gleite ich tiefer und tiefer.
Mein ganzes Leben spult sich wie im Zeitraffer vor meinem inneren Auge ab. Das klingt vielleicht merkwürdig, aber es spult sich zurück bis zur Eizelle. Alle Einzelteile fügen sich zu einem stimmigen Mosaik zusammen.

Alles fühlt sich perfekt an, genau so, wie es ist. Tiefes In-Ordnung-Sein entsteht. Tiefer Frieden, ein tiefes Ja.
Alles fällt ab, implodiert, setzt sich erneut zusammen, implodiert wieder, löst sich auf und ordnet sich.

Drei Tage und Nächte liege ich, es lässt sich nur das Allernotwendigste verrichten. Plötzlich scheint keine Existenz mehr vorhanden - keine Person mehr, die vorher wahrgenommen werden konnte. Alle Bezüge scheinen verloren.
Alles ist in Ordnung, alles ist an seinen Platz gefallen.
Ein neuer, unbekannter Klang ist zu schmecken, er vibriert und durchzieht mich leise und sanft.
Dazwischen der freie Fall.
Kein Vater, keine Mutter, keine Tochter, keine Frau, kein Mann, weder Schwester noch Kind sind zu spüren.
Wesen!
ALL-EINS, sich aus der gleichen Quelle speisend und sich dennoch trennend durch ihre selbstgewählten Vorstellungswelten. Zusammenhänge scheinen verstanden und erkannt

zu werden. Ein Verstehen jenseits des Verstandes.
Was, wenn der Verstand ein Messbares verliert?
Plötzliches Verstehen des Nichts?
Sich selbst erfahrende Quelle?
Leere, Stille - und gleichzeitige unbeschreibliche Fülle und Lebendigkeit.

Leben im Jetzt?

ode an das meer

oh wie weit die welt doch sein kann
gerade das meer gesehen
liegt mein herz noch in tiefer freude
ein meer das weiter scheint
als jedes welches ich bislang erblickte
die weite des himmels sich darin widerspiegelt
die farbenpracht pastelliger töne auch
mein herz sich darin findet
so sanft so farbig sanft und weit

am strand gelaufen
unfassbares rauschen eingelassen
und weite und stille und freude
sein darin sich widerhallt
kann etwas schöner sein als dies

jetzt da ich mich deiner erinnere
bist du mir tiefer denn je eingegraben
gerne würde ich mich in dich hineinlegen
mich auflösen in diese schönheit
diese weite und pracht hinein

einen augenblick lang verweilt
hat das licht sich verändert
und neue schönheit erstrahlt
im glanze der unendlichkeit

Danke

danken will ich
nichts als danken

So beginnt eines meiner Gedichte.

Ja, so möchte ich an dieser Stelle ganz unprätentiös von Herzen all den Menschen danken, die zum Gelingen dieses Buchprojektes beigetragen haben.

Da ist das Leben, welches die Dinge immer wieder so geschickt zusammenfügt. Da ist mein Herzensmann und Lebensgefährte Alvaro, der mir mit seiner unbändigen Energie immer wieder den Rücken freihält. Da ist meine Freundin Helga M., mit der ich mich so unermüdlich austauschen darf. Da ist meine Verlegerin Cornelia – danke, dass du mit mir diesen spannenden Weg gehst. Da ist meine Lektorin Paro, die mich immer wieder herausgefordert hat. Da sind ein paar treue Menschen, die ich schon eine ganze Zeitlang begleiten darf. Nicole, Helga A., Roswitha Helga M., denen ich vorlesen durfte und dadurch Feedback erhielt.
Ich bitte um Nachsicht, wenn ich all die Menschen hier nicht erwähne, die mir durch ihre Begegnung Inspirationsquelle und Ermutigung waren.

DANKE

Möge allen Wesen immer ein Stern leuchten!

Glossar

Dalbath
ist ein einfaches, preisgünstiges Alltagsgericht der südasiatischen Küche. Es besteht in der Hauptsache aus Linsensuppe, Reis und Gemüse der Saison. Diese Speise ist in allen Ländern Südasiens und besonders in Nepal verbreitet.

Dhyangro
ist eine zweifellige Stieltrommel mit einem langen Handgriff, die von Schamanen der tibetischen Kulturregion im Himalaya für Rituale geschlagen wird. Im Innern befinden sich Samen eines Baums, die beim Schlagen der Trommel ein prasselndes Geräusch erzeugen. Der hölzerne Handgriff ist in der Form eines Dolches (Phurba) geschnitzt und aufwendig mit symbolischen Motiven verziert.

Dorje/Vajra
ist ein buddhistisches Ritualobjekt und steht für die „wahre Wirklichkeit". Ihre gemeinsame Verwendung repräsentiert die perfekte Vereinigung von „Geschicklichkeit in den Mitteln" und Weisheit.

Gebetsmühle
ist ein Rad oder eine Walze, die auf einer Papierrolle aufgedruckte Gebete oder Mantras enthält oder außen mit solchen verziert ist.

Mala
ist die Bezeichnung für eine im Hinduismus und Buddhismus gebräuchliche Gebetskette. Sie besteht in der Regel aus 108 Perlen und einer zusätzlichen größeren Perle, die oft auch „Guru-Perle“ genannt wird.

Mantra
bezeichnet eine heilige Silbe, ein heiliges Wort oder einen heiligen Vers. Diese sind „Klangkörper“ einer spirituellen Kraft, die sich durch meist wiederholendes Rezitieren im Diesseits manifestieren soll.

Phurba
ist ein dreiseitiger, einem Dolch ähnelnder Ritualgegenstand, der in schamanistischen Traditionen der Himalayaregion sowie im Buddhismus in Tibet und im Bön verwendet wird.

Puja
bedeutet in etwa „Verehrung“ oder „Ehrerweisung“. Die Puja gehört als Ritual zu den wichtigsten Bestandteilen des buddhistischen Alltags und entspricht einer Andacht.

Sadhu
ist im Hinduismus ein Oberbegriff für jene, die sich einem religiösen, teilweise streng asketischen Leben verschrieben haben, besonders bezeichnet es die Mönche der verschiedenen hinduistischen Orden.

Stupa
ist ein buddhistisches Bauwerk, das Buddha selbst und seine Lehre symbolisiert. Der Stupa hat eine vielfältige symbolische Bedeutung.

Tara
im Buddhismus eine weibliche Manifestation erleuchteter Weisheit Sie gilt auch als Göttin der Askese und Lehrerin der Weisheit, die aus den Verstrickungen der Welt hinausführt.

Tashi Delek
bedeutet ins Deutsche übersetzt so viel wie „Viel Glück", „Möge es dir wohlergehen". Verwendet wird es jedoch als „Guten Tag" oder „Hallo".

Vita

Nada Devi ist Künstlerin, Kommunikationscoach, Querdenkerin und moderne Mystikerin.

Ihre Laufbahn beginnt sie zuerst in einem medizinischen Beruf. Es folgt ein Studium zur Schauspielerin und Sprecherin – mit Engagement an verschiedenen deutschen Bühnen und beim Funk.
Immer wieder auf der Suche nach Gesamtzusammenhängen und Hintergründen, verlässt sie nach zehn Jahren das Festengagement am Theater, begibt sie sich auf ihren eigenen Weg.
Immer wieder finden längere Inspirationsreisen statt: Nepal, Indien, Burma, Neuseeland und Pilgerwanderungen durch Frankreich, Portugal, Spanien.
Zurzeit lebt und kreiert sie mit Ihrem Lebensgefährten, in einem beschaulichen Ort im nördlichen Schwarzwald. Dort befindet sich ihr Atelier „Kunst Raum Klang und mehr …“

www.nadadevi.de

Notizen

Notizen

Empfehlungen aus dem Sheema Medien Verlag

Uwe Pettenberg

AM ENDE. LIEBE.

Systemische Erzählung

Wenn du das Geschenk des eigenen Lebens entdeckt

AM ENDE. LIEBE. ist eine berührende Erzählung, entstanden aus systemischen Shortcuts, garniert mit den lehrreichen Erfahrungen eines erfolgreichen Lebenstrainers. In diesem Sinne nicht nur eine Geschichte und auch kein Ratgeber, sondern ein – auch manches Mal humorvoller – Herzimpulsierer.

Zum Inhalt: Zwei Menschen wissen nicht weiter. Sie sind verbunden. Unbewusst, wie viele unter uns. Sie denken nach. Viel. Wie du, wie ich. Sie erleben Dinge, die schon immer da waren, aber nie aufgefallen sind. Das ist gleichermaßen Lösung und Glück.

Im Erleben der beiden Protagonisten finden wir uns wieder, unsere möglichen Themen und Anliegen. Familienbande werden sichtbar. Wir erhalten Antworten auf so manche Frage nach dem Sinn des Lebens – und wie wir diesen Sinn freudig im eigenen Alltag erlangen.

„Egal, wo wir stehen – es gibt immer einen Weg. Einen Weg, den jeder von uns kennt, der aber oft tief im Verborgenen liegt. Nur in uns selbst finden wir die Lösung. Spielerisch.“ Uwe Pettenberg

Hardcover, ISBN 978-3-931560-53-9

Michael Weger

OCTAGON – Am Ufer der Seele

Roman

Ein Abenteuer in heilenden Worten

Dieses Buch ist magisch. Es berührt tief, verändert und lässt einen wachsen. Es versammelt tiefe Weisheit in sich und wirkt weit über das Erzählte hinaus. Mit Kraft und Sanftmut, mit Bedachtsamkeit und Humor, mit Berührung und Einkehr. Es ist ein wesentliches, ein heilendes Buch, kurzum ein Roman mit Tiefgang – spirituelle Weisheiten charmant verpackt in eine Abenteuer- und Liebesgeschichte.

Zum Inhalt: Das Octagon – einst die Tempelschule eines weit entlegenen, mystischen Königreichs im Himalaya, hat die Zeiten überdauert. Seine Lehren der acht archetypischen Seelenkräfte, die das Wesen der Menschheit bestimmen, sind mit den Jahrhunderten gewachsen. Paul, ein junger Psychotherapeut, macht sich auf den Weg zu einem unbekannten Ziel, um dort seinem Selbst näher zu kommen. Geleitet wird er durch scheinbar zufällige Fügungen, einen sehr besonderen Stein, abenteuerliche Pfade, die Liebe zu einer Frau und die Hand einer Meisterin. Als er endlich ankommt, beginnt die eigentliche Reise: der Pfad in sein Innerstes. Paul muss acht Lehrtempel mit den jeweiligen MeisterInnen durchlaufen, um am Schluss die letzte Prüfung zu bestehen …

Hardcover, Leseband, ISBN 978-3-931560-61-4

Auch erhältlich als **E-Book** und

Hörbuch (MP3-CD) Ungekürzte Lesung des Autors.

ISBN 978-3-931560-62-1

Michael Weger

SHARE – Die Teile der Liebe

Roman

Ein Buch, das man gerne wieder und wieder zur Hand nimmt: Fesselnde Geschichte, beeindruckende Bilder, Lesevergnügen pur.

Michael Weger ist wahrlich ein Erzähler - und hier erzählt er vom wahren Wesen der Liebe, von der wahren Natur der Seele. Es sind quasi drei Bücher in einem: Ein Science-Fiction-Roman, so aufwühlend wie hoffnungsvoll und beruhigend. Eine Liebesgeschichte, gleichermaßen berührend wie spannend. Ein Lebens- und Liebesratgeber, der Gänsehaut auslöst.

Zum Inhalt: Einige Jahre in der Zukunft. Die junge Journalistin Claire reist nach Rom, um dort für ihren nächsten Artikel zu recherchieren. Sie begegnet einem gleichermaßen charismatischen wie auch geheimnisvollen Mann, der sie sofort in seinen Bann zieht. Er erzählt ihr von seiner Heimat, einem neuen Utopia auf einer verborgenen Insel im Atlantik.
Auf abenteuerlichen Wegen folgt ihm Claire dorthin und stößt auf eine Gemeinschaft hoch entwickelter Menschen, mit außergewöhnlichen Fähigkeiten und Lehren. Fasziniert davon schreibt sie einen Artikel für die Weltpresse, der ungeahnte Folgen hat. Die beseelte Gemeinschaft droht zu zerbrechen. Nur eine höhere Macht kann sie noch retten. Doch das Schicksal hat andere Pläne …
Hardcover, ISBN 978-3-931560-63-8

Auch als **E-Book** erhältlich!

www.sheema-verlag.de

Besuchen Sie unsere Homepage,
dort finden Sie weitere Bücher, Hörbücher und CDs.
Wir freuen uns auf Sie!

www.sheema-verlag.de

KONTAKT

Sheema Medien Verlag
Bücher. Aus Liebe.

Hirnsbergerstr. 52
D - 83093 Antwort

Tel.: 08053 - 7992952
Fax: 08053 - 7992953

E-Mail: info@sheema.de

http://www.sheema-verlag.de

SHEEMA

MÖGEN ALLE WESEN GLÜCKLICH SEIN